KB051539

호미곶 가는 길

호미곶 가는 길

초판 1쇄 2019년 2월 20일

글쓴이 | 김일광
펴낸곳 | 도서출판 단비
펴낸이 | 김준연
편집 | 김성은
디자인 | 구민재page9
등록 | 2003년 3월 24일(제2012-000149호)
주소 | 경기도 고양시 일산서구 일중로 30, 505동 404호(일산동, 산들마을)
전화 | 02-322-0268
팩스 | 02-322-0271
전자우편 | rainwelcome@hanmail.net

ISBN 979-11-6350-012-4 03810

값 13,000원

※이 책의 내용 일부를 재사용하려면
반드시 저작권자와 도서출판 단비의 동의를 받아야 합니다.

이 도서의 국립중앙도서관 출판시도서목록(CIP)은
e-CIP 홈페이지(http://www.nl.go.kr/ecip)에서 이용하실 수 있습니다.
(CIP제어번호: CIP2019003723)

호미곶 가는 길

김일광
산문집

단비
danbi

호미곶,
고래를 기다리는 집

인연은 참 묘하다. 어쩌다가 호미곶 바닷가에다 작은 집을 마련하였다. 호미곶은 한반도를 호랑이 형상으로 보았을 때 꼬리에 해당하는 지역이다. 그래서 예부터 범 꼬리, 호미등이라고 불렸다.

'고래를 기다리는 집'. 시를 쓰는 친구가 선물한 집 이름이다. 북쪽으로 난 창을 열고 기다렸건만 아직 고래는 오지 않았다. 그러나 시도 때도 없이 바람과 새들이 찾아와서 재잘거린다. 그야말로 바람과 새가 노니는 집이 되었다. 이따금 길고양이들이 찾아와서 제집인 양 햇살 고운 데 엎드려 해바라기를 한다. 내가 머물고 있는 시간보다 이들이 있을 때가 더 많다. 이들의 집에 내가 잠깐 머물다 가는 꼴이다.

인연이라는 생각에서 이들과 친해지려고 별의별 일을 다 꾸며 보았다. 이제 바람과는 어느 정도 안면을 튼 것 같다. 고양이와는 친해진 녀석도 있었는데 내가 내민 손이 별로였는지 어느 날 미련 없이 떠나버렸다. 나머지 녀석들은 아직 곁을 내주지 않는다. 새들은 좀 더 까다롭다. 모이를 주고, 물도 대령했지만 선뜻 다가서는 기색을 보이지 않는다. 먼발치에서 지켜보는 것까지만 허락해 주고 있다. 이들과 밀고 당기고를 하는 동안 텃밭에 자리 잡은 흙과 풀, 나무를 다시 보게 되었으며, 곤충들의 모습에도 눈이 갔다. 농촌에서 태어나 농사짓는 집에서 자랐지만 이토록 많은 생명의 존재를 까맣게 잊고 지냈다. 호미곶에서 그들을 다시 만났다. 눈이 밝아지게 되었다고나 할까. 따뜻한 햇살이, 푸른 달빛이, 또 별빛이, 손끝에 닿는 흙이, 녹색 생명들의 신비가 새삼스러웠다. 참 고마운 인연들을 되찾게 되었다.

호미곶을 오가며 텃밭에서, 해안 산책길에서 만난 생명과 나눈 이야기를 묶어 보았다. 아울러 40년 가까이 변두리 학교를 떠돌며 만났던 이웃의 이야기도 골라서 실었다.

시간은 흘러가 버리는 게 아니라 쌓이고 쌓여서 오늘의 나를 있게 하였다. 늘 그리운 인연들과 앞으로 만날 새로운 인연들에게 이 글을 전하고 싶다. 지금껏 30여 권의 동화를 발표할 때와 또 다른 기분이다. 약간은 부끄러움 같은.

— 2019년 2월 호미곶에서 김일광

차례

나
를
키
운

시
간

구두 한 켤레

완연한 봄날이라고 부르기에는 아직 이른 삼월 첫 토요일,
운전 중에 다급한 전화를 받았다. 제자의 사고 소식이었다. 소
식을 전해주는 또 다른 제자의 말에 따르면 토요일, 쉬는 날인
데도 기계 고장이라는 연락을 받고 회사로 달려갔다고 했다.
멈춰 버린 기계를 정비하기 위해 기계 안으로 들어서는 순간,
갑자기 기계가 작동하는 바람에 일어난 안전사고라고 했다.

나는 길섶에 차를 멈추고 가슴을 움켜쥐었다. 가슴이 짓눌
려 숨을 쉴 수가 없었다. 그 정신없는 순간에 가장 먼저 떠오른
게 바로 '운명'이라는 말이었다.

교직에 종사하는 사람들에게는 떠나보냈던 제자를 만나는

게 단연 기쁜 일이리라. 5월의 그 어느 언저리쯤 비가 추적추적 내리는 날, '선생님! 소주 한잔하시지요.' 하면서 조심스럽게 걸려오는 제자의 전화 목소리는 참으로 반갑다.

나에게도 그런 제자가 있었다. 공부를 잘했거나 집안이 좋아서 부모와 친분을 나눈 아이는 아니었다. 오히려 공부는 늘 뒤쪽을 맴돌았으며, 홀어머니 밑에서 위로 형과 누나들이 버티고 있었기 때문에 궁색한 얼룩을 늘 앞섶에 달고 다니던 아이였다.

졸업을 시키고 시간이 한참 흐르면서 나는 녀석을 까맣게 잊어버렸다. 그런데 어느 날 바로 그 녀석에게서 불쑥 전화가 왔다. 엉겁결에 녀석의 제안에 따라 저녁 약속을 하게 되었다. 그리고 나서 가만히 꼽아보니 그 녀석과 헤어진 지 15년 쯤 흘러 있었다. 나이는 스물일곱 아니면 스물여덟은 되었을 터이다. 약속 시간까지는 대여섯 시간이 남았기 때문일까. 별의별 생각들이 다 떠올랐다. 못난 생각도 언뜻 이어졌다.

'취업을 부탁하려는 건 아닐까? 아니면 물건 판매, 보증?……'

퇴근 뒤에 작은 식당에서 얼굴을 마주 한 그 녀석은 나의 못난 걱정들을 부끄럽게 만들었다. 첫 취업이 되었다고 했다.

그 기쁜 마음에 가장 먼저 나에게 알리려고 전화를 했단다. 돈, 그놈의 돈을 스스로 벌게 되었다는 기쁨을 나와 함께하고 싶었다고 했다.

집안이 넉넉하지 못하여 중학교도 어렵게 마친 뒤, 고등학교는 실업계로 갈 수밖에 없었으며, 학교를 곧 그만둘 것만 같은 위태위태한 시간을 건너 간신히 졸업장을 챙겼다고 했다. 정말 다행스러운 일은 기계 정비에 남다른 능력을 보인 덕에 작은 정비 업체에 남보다 먼저 취업할 수 있었다고 했다. 정말로 반가웠다. 지난 이야기를 주고받으며 눈물을 글썽대기도 하고, 웃기도 하면서 저녁 시간을 보냈다.

그날 밤, 나는 거나하게 취해서 아주 느긋하게 골목길을 걸었다. 이웃이라도 만나면 커다란 소리로 자랑하고 싶었다. 비틀거리는 걸음마저 전혀 부끄럽지 않았다.

한 달 뒤, 녀석은 또 전화를 했다. 마주 앉자마자 종이가방을 내 앞으로 내밀었다.

"선생님, 구두 한 켤레 샀심더."

"구두라니?"

"맨발로 교실을 돌아치던 제게 실내화 사 주셨잖아요."

"내가? 전혀 기억이 없는데."

"저는 생생하게 기억하고 있심더. 15년 동안 벼르고 별렀던 일인기라요. 선생님한테 구두를 꼭 사드리고 싶었거든요. 근데 그 때 사주셨던 실내화보다는 값지지 않은 느낌이 듭니더."

"이놈아! 돈을 아껴야지 뭐 할라고 이런 걸 샀노."

"걱정 마이소. 이제는 좀 살 것 같심더."

나는 그 말에 한동안 말을 잃었다. '이제는 좀 살 것 같다.'는 그 말 속에는 일찍부터 알아버린 삶의 숱한 그늘이 담겨져 있었다. 가슴이 먹먹해졌다. 녀석의 눈을 피하여 천장을 쳐다보며 눈을 껌벅였다.

나는 그 구두를 아껴 가며 신었다. 평소에는 신발장 위에다 고이 모셔두었다가 특별한 행사가 있을 때만 자랑스럽게 꺼내 신었다. 그 구두를 신으면 왠지 어깨가 으쓱해지곤 했다.

그 구두를 내 신발장 위에 남겨두고 녀석이 허망하게 떠나 버렸다. 녀석이 떠난 뒤, 나는 그 구두를 신을 수가 없었다. '이제는 좀 살 것 같심더.' 라던 녀석의 바로 그 말이 자꾸만 후렴 구처럼 구두 뒤축에 따라붙었기 때문이었다.

이제야 간신히 고생을 면하게 되었다는 일말의 안도감이 녀석에게 주어진 운명의 끝이었다는 사실을 나는 받아들일 수가 없었다. 이렇게 불공평할 수가. 종교를 갖고 있는 나였지만 녀석을 잃고 한동안 그놈의 운명이라는 말을 붙들고 방황하기도 했다.

그런데 어느 누가 시간이 약이라고 했던가? 신발장 위에서 구두에 먼지가 덮이듯이 가슴을 짓누르던 바윗덩이도, 신의 침묵에 대한 원망도 어느새 깃털처럼 되어 버렸으니 문득문득 인간의 심사라는 게 참 묘하다는 생각이 들었다.

이런 것도 운명일까? 이따금 먼지 덮인 구두를 볼 때마다 아들처럼 생각했던 그 녀석과 인연이 안타까울 뿐이다.

간밤에 잠을 설치다

간밤에 잠을 설쳤다.

가을바람치고는 제법 세게 불었다. 나뭇가지를 흔드는 소리도 그랬지만 바람이 몰고 다니는 낙엽 구르는 소리에 문득문득 잠을 깨곤 했다.

일찌감치 자리를 털고 일어났다. 텃밭 구석에는 바람이 몰아다 놓은 낙엽이 자욱했다. 아직 묶지 않은 배추들을 들여다보았다. 찬바람과 맞서서 더욱 푸른 얼굴을 하고 있다. 그 곁에는 아직 가녀린 양파가 줄기를 바람에 맡기고 있다. 바람 찬 겨울을 이기고 나면 더욱 매운 맛으로 봄을 맞이하게 될 것이다.

나뭇가지는 눈에 띄게 앙상했다. 키 낮은 가시오가피 빈 가지 사이로 뭔가가 눈에 들어왔다. 손바닥 하나를 오므린 크기의 작은 새집이었다. 일 미터 남짓한 높이에 새집이 있다니 믿어지지 않았다. 그러나 나의 의심을 알아챘다는 듯 아기 새의 깃털 한 점이 바람을 타며 파르르 손짓을 보냈다. 얼마 전까지 살았음이 분명했다. 가만히 손을 얹어 보았다. 고물고물 아기 새의 움직임과 체온이 느껴지는 것만 같았다. 그런데 바로 그 나무 밑은 길고양이들이 수시로 드나드는 곳이었다. 길고양이가 마음만 먹으면 큰 힘을 들이지 않고도 앞발이 충분히 닿을 수 있는 지점이었다. 그런데 용케도 그곳에 터를 잡고 오가피의 잔가지와 가지를 끌어당겨서 집을 매달았다. 그곳에서 작은 어미 새는 알을 낳고, 품어서 새끼를 얻었다. 어미 새는 사람과 길고양이와 매들의 눈을 피하여 몰래몰래 드나들며 새끼를 키웠으리라. 드나드는 것도 조심스러웠을 것이며, 소리조차 감추어야 했을 것이다. 무성한 잎에 집을 숨기고, 오가피의 잔가시를 울타리 삼아서 예쁜 새끼들을 먹이고 지켜냈다. 새집을 들여다보며 어미 새와 아기 새 사이에 이루어졌을 조건 없는 베풂과 따름의 마음 교류가 그림처럼 가슴에 와 닿는다. 우리 모두는 가슴 밑바닥에 흐르는 동심과 같은 그 마음을 잊고 있다. 하찮게 여기는 첫 마음이 어쩌면 우리에게 다시 인간다운 삶을 돌아볼 용기와 힘을 줄지도 모른다.

찬바람이 불어 잎이 다 떨어지기 전에 어미 새는 아기 새를 데리고 겨울을 보낼 따뜻한 곳으로 거처를 옮겨 갔다. 나뭇잎이 찬바람에 떨어지듯이 지난 계절 동안 생명을 품어 준 새집도 바람에 흩어져 갈 것이다. 자연의 신비다. 자연은 가르치려들지 않아서 좋다. 온몸으로 느끼게 하는 게 참 좋다.

하늘을 올려다보았다. 아기 새들은 어느 하늘에서 날고 있을까. 눈에는 보이지 않지만 시간의 운행이 느껴진다. 바람이 음악처럼 흐른다. 바람과 시간의 흐름이 가슴을 적신다. 아기 새가 되어 엄마의 육아낭에서 잠들고 싶다.

아, 여우다

모 출판사에서 어린 시절, 친구들과 재미있게 놀았던 이야기를 묶어 책으로 내자고 했다. 출판사 대표가 먼 곳까지 어려운 걸음을 한 터라 고맙고 미안한 마음에 그러자고 대답을 하였다. 또 창작도 아니고 어린 시절 이야기라서 편하게 쓸 수 있겠다는 생각도 한몫 거들었다.

그런데 문제는 다른 데 있었다. 집에 돌아와서 곰곰이 생각해 보니 도무지 어릴 때 친구들과 재미있게 놀았던 기억이 떠오르지 않았다. 기억을 쥐어짜고 또 짜도 하얘질 뿐. 너무나 이상한 일이었다. 어린 시절의 일들이 마치 지우개로 지운 것처럼 생각이 나지 않았고, 친구들과 신나게 어울렸던 기억은 더더욱 없었다.

이튿날 출판사 대표에게 전화를 하였다. 어제 약속한 원고를 쓸 수 없겠다고 말했다. 미안하다는 말과 함께 친구들과 재미있게 놀았던 기억이 별로 없다고 했다. 출판사 대표는 원고를 주기 싫어서 거짓말을 둘러대는 것으로 생각한 모양이었다. 언짢은 말투로 되물었다.

"그러면 선생님은 어릴 때 어떻게 놀았단 말입니까?"

나는 간신히 대답했다.

"나는 혼자 놀았던 기억밖에 없어요. 그래서……."

기가 막힌 듯 한참동안 말이 없던 출판사 대표가 퉁명스럽게 말했다.

"그러면 그 이야기라도 써 주실 수 있어요?"

그렇게까지 말하는데 차마 거절할 수는 없었다. 그래서 우물쭈물 하다가 쓰겠다는 약속을 하고 말았다.

그 약속을 계기로 기억하고 싶지 않아서 눈 감았던 어린 시절을 애써 돌아보게 되었다.

어릴 때 나는 약하고 겁 많은 외톨이였다.

내가 태어났을 때 아버지는 전쟁터에 있었다. 유난히 추웠던 크리스마스 전날, 난방이 시원치 않았던 방은 그야말로 냉골이었다고 한다. 태어나서 탯줄을 끊었는데도 도무지 울지 않아서 할머니 말로는 세 여자(할머니, 외할머니, 어머니)가 갓난아기를 가운데 두고 그들의 체온으로 아기를 데운 뒤에야 간신히 울음이 터졌다고 한다. 요즘 말로 미숙아였던 모양이다. 태어나는 순간부터 몸이 몹시 약했던 나는 친구들과 몸을 부딪치며 노는 놀이에는 끼지를 못하였다. 그래서 친구들 주변을 맴돌면서 엉거주춤 구경하는 아이였다.

그렇게 어린 시절을 보냈으니 친구들과 신나게 어울리며 놀았던 기억이 있을 리가 없었다. 대신 혼자서 이곳저곳을 기웃거리는 시간은 많았다. 그럴 때 만난 것이 초가집 추녀 밑을 지나가는 구렁이, 막막한 들판 가운데서 서서 들었던 눈 오는 소리, 눈이 쏟아지던 날 먹이를 구하러 마을로 내려왔던 여우였다. 내가 생각했을 때는 너무나 막막하고 외롭던 시절 이야기였다. 그래서 나도 모르게 까맣게 묻어 두었던 기억이었다.

그렇게 원고를 만들어 출판사로 보냈더니 참 아름다운 이야기라며 펴낸 그림책이 《아! 여우다》이다.

이 책을 펴낸 뒤에 나는 애써 잊으려고 했던 나의 어린 시절을 다시 찾아나서는 작업을 하게 되었다. 나를 위로하듯이, 사라졌던 시간을 되돌려 놓듯이 하나하나 기억의 조각들을 맞추어 보았다. 그런데 놀라운 기억이 떠올랐다. 외톨이를 위로하고 힘이 되어준 게 있었다. 바로 책이었다. 사람 만나기를 힘들어 하고 내성적이던 나를 책이 다독여 준 것이었다.

혼자 있는 시간이 많았던 만큼 그 심심한 시간에 나는 활자 속으로 빠져들어 그들과 어울렸다. 책읽기는 몸을 부딪칠 염려도 없고, 달리기처럼 꼴찌에 대한 창피함도 없었다. 책읽기는 내가 누릴 수 있는 최고의 놀이였다. 그러나 우리 집에는 책이 없었다. 책이 귀하던 시절 책을 빌려 보기 위하여 심부름이나 청소당번 등 그 어떤 일도 마다하지 않았다.

친구의 집에는 책이 참 많았다. 그 친구 할아버지는 마을 교회의 목사님이고, 고모는 교회 선생님이었다. 나는 그 친구 집에서 책을 빌려 보기 위하여 친구 고모 심부름을 도맡아 하였다. 책을 읽는 재미로 어떤 심부름도 마다하지 않았다. 때로는 빌린 책을 선물로 받기도 하였다. 그 책이 얼마 전까지도 내 책꽂이에 살아남아 있었다.

《아! 여우다》를 쓰고 난 뒤에 나를 제대로 알게 되었다. 떠오르지 않는 기억에 갇혀 있던 시간을 해방시켜 준 셈이었다. 나는 그런 과정을 거쳐서 오늘을 맞았다.

놀이터

어린 시절, 내 놀이장소는 형산강과 섬안들 곳곳에 남아 있던 둠벙(물웅덩이)이었다. 제방으로 물길을 가두기 전에 형산강은 형제산을 지나면서 자유롭게 흩어져서 영일만으로 들어갔던 것으로 상상해 볼 수 있다. 그러나 1913년 제방 공사로 물길을 가두고 섬안들을 만들었지만 자유롭게 흐르던 물길의 흔적은 내가 어릴 때만 해도 곳곳에 남아 있었다.

그중 하나가 구강이었다. 즉 옛 강이라는 뜻인데 지금은 커다란 못으로 남아 있다. 나는 요즘도 그 강 자락 근처에 자주 가고는 한다. 지금은 다 남의 땅이 되었지만 그 근처에는 아버지가 매만지던 땅이 남아 있기 때문이다. 또 어린 시절 고운 모래로 다져놓은 오솔길이 있었다. 물론 강은 예전 같지 않은 모습이 되었지만 내 기억의 강은 아직도 맑고 곱기만 하다. 달을 떠받치듯 서 있던 키 큰 미루나무, 금빛으로 다져진 모랫길, 물풀 사이에서 나를 부르던 개개비, 뜸부기……. 이제는 다 사라지고 나만 남은 것 같다. 지금도 그곳에 서면 외로움이 진하게 다가온다. 그래서 내 동화 속에 나오는 사람들은 대부분 외로운가 보다.

동화 〈뜸부기〉는 외롭고 그래서 더욱 보고 싶은 이들을 그리며 쓴 동화이다. 어릴 때 나보다 나이 어린 외삼촌이 죽어가는 모습을 보면서 죽음과 삶의 의미를 나에게 알게 해 준 일화가 동화의 큰 줄기가 되었다. 그날 밤 외할머니의 슬픈 울음소리를 뒤로 하고 큰 외삼촌의 등에 업혀 쫓기듯 집으로 돌아왔다. 시리도록 흰 달빛이 내린 구강의 길은 아직도 어제 본 것처럼 생생하다. 짧은 단편이지만 동화를 본 하재영 시인은 마치 영화의 한 장면을 보는 것 같다는 후한 평을 주기도 했다.

어린 시절 만났던 섬안 사람들, 그 사람들은 모두 나의 동화 속에서 살아났다. 〈할머니와 검둥이〉는 청산되지 못한 섬안들 친일의 이야기가 바탕이다. 우리 집에는 벙어리가 되어버린 개가 있었다. 너무나 순한 개였다. 그 개가 마을 사람들에게 위압적이던 사람에게 두들겨 맞아서 벙어리가 되었다가 다시 억울하게 죽는 이야기였다. 내 기억 속에 액자처럼 남아 있는 장

면이 있다. 할머니는 그 개의 가죽을 버리지 않고 헛간에 걸어
두었던 것이다. 그 이유를 할머니에게 물어보지는 않았지만 지
금 추측해 보면 할머니는 분노의 상황을 잊지 않으려고 그랬던
것 같다. 그런 분노가 어려움과 시련에서 할머니를 다시 일어
서게 한 힘이 되었는지도 모른다.

이와 함께 쓴 몇 편의 동화는 형산강 제방 공사로 생겨난
섬안들을 독차지했던 일본 사람과 일본 사람의 마름이었던 앞
잡이들에게 착취를 당했던 이웃 이야기이다. 섬안 마을에는 해
방이 되었지만 광복의 빛이 채 닿지 않은 모습들이 자주 눈에
띄었다. 여전히 마름들에 의하여 토지개혁이 이루어졌다. 적산
땅을 미리 맡아둔 마름들은 지주로, 또 다른 권력자로 자리하
였다. 어릴 때 지켜본 대추나무 집 할머니와 이층집 사람은 그
런 섬안의 역사를 상징하는 인물들이다.

일제 강점기와 형산강 제방 공사, 이층집, 적산, 마름들의
횡포, 권력 앞에 무너질 수밖에 없었지만 분노만은 버리지 않
았던 섬안 사람들, 나는 그들의 이야기를 언뜻언뜻 동화 속에
다 녹여낼 수밖에 없는 운명을 갖고 있다.

얼마 전에 향토사에 관심이 많은 몇몇 분과 이야기를 나누
다가 중요한 이야기를 들었다. 포항에서 사라진 강이 칠성강인

데 그 흔적을 찾아 복원하자는 이야기였다. 그런데 원로 한 분이 말씀하시기를 칠성강은 한 줄기만 있었던 게 아니라고 했다. 형제산을 지나온 물줄기가 영일만을 향하여 자유롭게 흩어지면서 여러 갈래를 이루었는데 그 모두를 칠성강 혹은 칠성천으로 보는 게 마땅하다는 말씀이었다. 그러고 보니 그 말이 참 타당하다는 생각이 들었다. 어린 시절에 보았던 칠성천은 물이 흐르지 않았다. 죽도동, 대흥동에서 용흥동을 거슬러 가다 보면 효자에 가기도 전에 물줄기는 사라졌다. 그러니까 칠성천 역시 형산강 제방 공사로 사라진 구강과 같은 신세였다. 그러다 떠오른 게 칠성천, 일곱 별을 뜻한다는 강의 이름이었다. 왜 칠성천이었을까. 실제로 섬안에는 일곱 개의 섬마을이 있었다. '상도, 하도, 분도, 해도, 죽도, 중섬, 안터'가 그것이다. 그렇다면 이런 상상을 해 볼 수도 있을 것이다. 밤이라고 생각해 보자. 홍수로 온통 들이 물에 잠겼을 때 캄캄한 물 가운데에 일곱 개 마을이 동동 떠있는 모습을 두고 하늘의 일곱 별을 떠올리지 않았을까? 그리고 해마다 물에 잠기는 게 너무나 힘든 나머지 마을 사람들은 일곱 마을을 하늘에다 걸어두고 싶은 간절한 바람을 가졌을 것이다. 절대 물에 잠기지 않는 하늘의 별처럼 평안하게 살기를 간절히 빌었을지도 모른다.

꼭 쓰고 싶은 섬안들 이야기 하나가 가슴 밑바닥에 숨겨져 있다. 섬안에는 넓은 갈숲이 있었다. 그 갈숲에는 도요새를 비롯하여 온갖 물새들이 살고 있었다. 그러나 그 물새들조차 갈숲의 주인이 되지는 못하였다. 갈꽃이 패기 시작하면 갈밭 주인은 곳곳에 원두막을 지어서 갈꽃을 지켰다. 갈꽃으로 빗자루를 만들어 팔면 돈이 되었다. 그래서 갈꽃을 훔치러 오는 사람들이 있었다.

우리 옆집에 '숙이'라는 여자아이가 살았다. 키도 작고, 학교도 다니는 둥 마는 둥 하면서 부엌일을 도맡아 하던 콩쥐 같은 아이였다. 부모가 시켰는지 아니면 스스로 갔는지는 모르겠는데 갈밭에 몰래 들어가서 갈꽃을 뽑다가 사냥총에 맞았다. 새 사냥을 나온 사람들이 갈대 사이에 숨어서 갈꽃을 뽑는 작은 아이를 새나 짐승으로 잘못 본 거라고 했다. 5~60년대에 사냥총을 갖고 있는 사람들은 어떤 사람들이었을까. 달리 설명할 필요도 없다. 한쪽 다리에 총알 파편이 가득 박힌 아이를 병원에 데리고 갔다가 그날 바로 퇴원을 시켰다. 어른들 이야기로는 총을 쏜 사람들이 그 부모에게 돈을 쥐어 주었다고 했다. 치료가 제대로 안 된 숙이의 다리에서는 진물이 나고, 다리를 쓸수 없게 된 어느 날 그 사람들이 다시 와서 숙이를 데리고 갔다. 나중에 들었는데 말썽이 될 것 같으니까 다리도 고쳐주고 나중에 시집까지 보내주겠다는 약속을 한 모양이었다. 가난했

던 숙이네 부모는 그것이 감지덕지하여 총을 쏜 사람 집으로
아이를 식모로 보냈다. 가난한 살림에 입을 하나 덜어내는 게
참으로 고마웠던 모양이었다. 그날 이후로 숙이는 학교에도,
명절이 되어도 섬안 마을에 나타나지 않았다.

나는 언제부턴가 숙이에게 빚을 진 느낌이 들기 시작했다.
같은 마을, 같은 시간 속에서 살면서 나만 세상의 혜택을 독차지
했다는 생각이 들었다. 숙이를 비롯한 많은 친구들이 초등학교도
제대로 못 마치고 집을 떠나야 했지만 나는 대학까지 마치고 직
장을 얻어 잘 지내고 있는 게 왠지 미안했다. 나에게 온 몫을 나
누어 주지 못한 것 같아 늘 불편했다. 그래서 그 빚갚음으로 섬안
들에서 같이 자랐던 많은 '숙이'의 이야기를 꼭 적고 싶었다.

나는 아직도 섬안들과 형산강 언저리를 기웃거리고 있다.
옛 모습으로 남아 있는 게 아무것도 없다. 그러나 나를 키운 섬
안들, 가난한 이웃들, 외로웠던 시간들 사이를 앞으로도 오랫
동안 거닐 것 같다. 키다리 미루나무, 구강 곁으로 난 오솔길,
메기와 가물치가 우글거리던 둠벙, 비만 오면 진창이 되던 칠
성강변, 개개비, 뜸부기, 집을 찾아 헤매던 갈숲, 형산강 모래섬
……. 나는 이 놀이터를 쉬 떠날 수 없을 것 같다. 여전히 내 시
간이 그곳에 머물러 있기 때문에.

답십리 할머니

나른해지는 여름날 오후, 가만히 앉아 있어도 사람을 지치
게 하는 날씨였다. 그냥 몸이 하자는 대로 꾸벅꾸벅 졸고 있는
데 전화벨이 울렸다. 처음에는 낯선 번호일 뿐더러 우리 지역
번호가 아니라서 무시하고 말았다. 그러다 끊어지겠거니 하고
내버려두었는데 한참이 지나도 전화는 끊기지 않았다. 하는 수
없이 천근 무게와도 같은 눈꺼풀을 애써 쳐들며 전화기 앞으로
꿈틀꿈틀 다가갔다.

"여보세요."

내 말이 떨어지기 무섭게 저쪽에서 먼저 신분을 밝혀 왔다.

"나는 답십리 사는 할머니입니다."

'답십리 할머니?'

도무지 감이 잡히지 않았다. 서울 답십리에는 아는 사람이 없었다. 잘못된 전화로구나 싶어서 얼른 끊으려고 말을 서둘렀다.

"잘못 거신 것 같네요."

그러자 전화기 건너편에서 할머니가 다급해진 목소리로 내 생각을 제지하고 나섰다.

"아니, 아니. 맞아요. 맞아. 순둥이 이야기를 쓴 김일광 선생 맞지요?"

좀 멍해진 나는 다시 전화기를 다잡아 쥐고 대답하였다.

"맞습니다만 뉘신지요?"

"아이쿠, 말도 마세요. 김 선생님 전화번호 알려고 무진 애를 썼네요."

무슨 사연이 있는 게 확실했다. 전화를 서둘러 끊으려던 내 생각을 미뤄두고 자세를 고쳐 잡았다. 그 할머니는 거두절미하고 바로 자신이 하고 싶었던 이야기를 늘어놓기 시작했다.

답십리에 사신다는 할머니가 내게 전화를 주신 사연을 이랬다.

하루는 외출했다가 돌아오는데 분리수거함 옆에 헌책을 묶어서 내놓았더란다. 책은커녕 인쇄물조차 귀했던 시절을 살아온 할머니는 아직 표지가 멀쩡한 책이 버려져 있는 게 너무나 아까웠단다. 그중에서 어미 개가 강아지를 살포시 안고 있는 표지 그림이 유난히 눈에 뜨이더란다. 손자들이 오면 주어야겠다는 생각에서 먼지를 떨어내고 집으로 들고 왔다고 한다. 그런데 손자가 할머니 집에 자주 오지 않았던 모양이다. 손자에게 보이기 전에 자신이 심심해서 읽게 되었는데 그 책이 바로 《순둥이》라는 내 동화책이었다고 했다.

"이건 그냥 개 이야기가 아니라 사람 이야기, 바로 내 이야기더라고요."

"예. 그랬어요?"

졸음은 멀리 달아나 버리고, 일도 하기 싫던 차에 나는 할머니 이야기를 느긋하게 따라갔다.

처음에는 그림이 예쁘고 개 이야기라서 그냥 손자들이 좋아하겠구나 하고 읽었는데 계속 읽다 보니 자신의 이야기와 너무나 비슷하였다고 했다.

아들, 딸 4남매를 낳아서 젖 먹여 기르던 중에 덜컥 남편이 병으로 돌아가셨다고 했다. 그때까지 남편이 벌어다 주는 돈으로 살림만 해왔는데 남편이 죽고 나자 앞이 캄캄했다고 한다. 대문 밖의 세상은 온통 이리떼가 우글거리는 험악한 정글로만 생각되었다고 한다. 그러나 고물거리는 4남매를 굶길 수는 없어서 이를 악물고, 불안과 무서움을 참으며 세상으로 나갔다고 한다.

"내가 안 해 본 게 없어요. 죽을 각오를 하니 못 할 일도 없더군요."

할머니는 한 번 숨을 몰아쉬고는 그제야 여유를 부리며 허허허 웃었다.

"그렇게 4남매를 먹이고, 학교 보내고, 키워서 다 내보내고 나니 이제 혼자 남게 되었네요."

할머니는 또 한 번 소리 내어 웃었다. 그런 세월과 현재의 할머니 모습이 바로 그 책에 고스란히 나오더라고 했다. 어미 개가 네 마리의 새끼를 낳아서 젖을 먹이며 키워 한 마리씩 떠나보내는 이야기에 자신의 지나간 인생이 고스란히 얹히더란다. 그래서 몇 번을 더 읽다가 도대체 어떻게 생긴 사람이 이런 글을 썼나 싶어서 출판사로 전화를 걸어 어렵게 전화번호를 얻었다고 했다.

"그런데 노인네가 전화번호를 알려달라고 하니 어찌나 꼬치꼬치 캐물어 대는지."

할머니가 다짜고짜 지은이 전화번호를 알려 달라고 했으니 출판사에서는 개인정보 보호 운운하며 까다롭게 했던 모양이었다. 신분을 확인한다면서 할머니를 성가시게 했던 것 같았다.

"외롭고 우울했어요. 자주 찾아오지 않는 자식들이 서운해서 원망도 해댔는데 이제 그러지 않기로 했네요. 이 책을 읽는 내내 참 행복했네요."

독자들에게 다문다문 연락을 받아보긴 했지만 이렇게 진정으로 말을 걸어온 사람은 그야말로 처음이었다.

"그런데 부탁이 있네요."

이야기를 끝내려던 할머니가 슬그머니 말투를 바꾸었다. 나는 새삼스럽게 약간 긴장했다. 할머니들 특유의 소리로 한숨을 길게 내쉬더니 순둥이 2편을 써달라고 했다. 새끼들을 다 떠나보내고 혼자 남은 어미 개 이야기를 더 듣고 싶다고 했다. 자녀를 모두 보내고 자신에게 남은 시간을 확인하고 싶은 모양이었다. 누군가가 자신의 이야기를 대신 해 주었으면 하는 그런 소망이 할머니의 말 속에 들어 있음을 느낄 수 있었다.

할머니는 나의 시원한 대답을 기다리는 듯했다.

"예, 그렇게 할게요."

"고마워요. 오늘도 정말 고마웠어요."

할머니는 몇 번 더 고맙다는 말을 덧붙이고는 수화기를 내려놓았다.

당신의 삶과 같은 이야기를 써 주어서 고맙고, 한참 동안 이야기를 들어주어서 감사하다는 뜻이리라.

할머니의 고맙다는 말이 오랫동안 내 가슴을 떠나지 않았다.

따지고 보면 쓰레기장에서 파지가 될 책을 건져 줘서 고맙고, 내 글을 읽어 줘서 고맙고, 나의 생각과 함께 해 줘서 고맙고, 격려 전화를 주어서 고마운데 나는 그 말을 끝내 하지 못했다.

나는 아직 할머니에게 약속한 순둥이 2편을 시작하지도 못 하고 있다. 게으름 탓이다.

서라벌로 간다

경주를 처음 만난 건 초등학교 시절 경주 고적에 관한 작은 안내책자를 통해서였다. 집안의 누군가가 경주 관광을 다녀오면서 구해다가 내 책상 위에 얹어 둔 것이었다. 혼자서도 갈 수 있는 가까운 곳에 경주가 있다는 사실도 초등학교 4학년때나 되어서였다.

선덕여왕을 너무나 사랑한 나머지 불귀신이 되어버린 지귀, 삼화령을 넘나드는 충담 스님, 반수반인의 대학자 강수, 아버지를 만나러 분황사로 종종걸음 치는 설총, 머리에 깃털을 꽂은 화랑, 파랗게 피어오르는 숯불 연기를 머리에 이고 선 기와집. 경주에는 여전히 신라 사람들이 살고 있을 것만 같았다.

호기심을 주체할 수 없었던 나는 며칠 동안 어머니를 들볶

은 뒤에야 경주 길을 허락받을 수 있었다. 양은 도시락을 옆에
끼고 섬안들의 긴 봇둑길을 지나 효자역에서 기차를 타고 경주
역까지 갔다. 현재 경주 문화원 자리에 있던 경주 박물관은 역
에서 초등학생이 걸어가기에도 만만한 거리였다. 1,200여 평
의 터에 온고각, 집고관, 종각 등 몇 채의 기와 건물로 이루어
진 옛 박물관은 어린 눈으로 보아도 참으로 포근하였으며 호기
심에 들뜬 마음을 다독여 주기에 충분했다. 하루 종일 유물전
시실 이곳저곳을 들락거렸다. 지금까지도 그때 기억이 생생할
만큼 모든 것이 신기하고 놀라웠다. 알고 있던 설화와 역사들
이 그곳에서 펄펄 뛰는 심장을 가진 채 살아 있었다. 물론 문간
에 거대하게 자리하던 에밀레종도 잊을 수가 없다. 에밀레종을
마주하고 있는 시간 내내 봉덕이와 이야기를 나누었던 것만 같
다. 뿐만 아니라 낡은 기와 추녀 밑에서 혼자 먹은 도시락도 신
라의 밥맛으로 기억되고 있다.

그 이후에는 혼자 찾아가는 서라벌 길은 습관처럼 계속되
었다. 시가지마다 신라 사람들의 삶이 살아 숨 쉬고 있었다. 천
년의 시간이 흐르면서 이어져 온 따뜻한 역사의 흔적은 경주
사람들의 삶 속에 고스란히 녹아 있을 것만 같았다. 보이는 모
든 사물 속에는 신라 사람들의 눈높이에 꼭 맞는 의미가 담겨
져 있고, 삶의 터전에 알맞게 경주인들의 삶이 정연하게 펼쳐

져 있다고 생각했다. 그만큼 신라에 대한 자부심이 도도히 살아 있었다.

경주에는 신라가 살아 있었다. 신라 천년과 그 이후 천년 신라는 이어지고 있었다. 그것이 그렇게 좋을 수가 없었다. 박물관 뜰에만 서면 나는 설화 속의 작은 장치가 되고는 했다. 그만큼 경주 나들이가 좋았다.

나는 요즈막에 그 소년이 되어 다시 서라벌로 간다. 변화와 정체됨의 뒤엉킴을 헤치며 매일 경주로 간다. 신라 토성 터가 남은 북형산을 지나 왕위까지 바꿨다는 알천거랑을 건너 서라벌을 찾아간다.

경주시내의 벚꽃은 벌써 지고 있는데 보문의 벚꽃은 이제 막 시작이다. 신라인이 숨을 쉬는 서라벌이 아닌 벚꽃이 만발한 도회지로만 치닫는 것 같아서 조바심이 일어난다.

천군동의 이름조차 잃어버린 절터의 낡은 석탑 앞에서 40년 전 소년이 되어 서라벌을 바라본다. 자꾸만 뒷방 노인네처럼 꽐시덩이가 되어 가는 석탑의 모습이 서럽고 또 서럽다. 액자가 되어버린 사적들이 사람들의 삶 속에서 다시 살아났으면 좋겠다.

우리 모두가 다시 설화, 그 이야기 속의 작은 장치가 되었으면 좋겠다. 그래서 뚜벅뚜벅 다시 서라벌로 걸어갔으면 참 좋겠다.

고구마 추수

고구마를 캤다.

봄날, 읍내 장에서 모종 한 단을 샀다. 모종 파는 젊은이는 말끝마다 '아버지요!'라며 살갑게 다가오곤 했다. 그래서 모종은 꼭 그 젊은이에게 샀다. 그런데 더욱 마음에 드는 것은 그는 모종을 팔면서 키우는 방법까지 친절하게 일러주었다, '심은 지 100일 뒤에 캐세요. 더 두면 심이 생겨요. 일찍 캐면 전분 형성이 되지 않아서 당도가 떨어진답니다.' 흙 만지는 재미로 농사를 하는 나는 그의 가르침이 다디단 지식이었다. 모종 심은 날에서 100일 뒤에 다가올 날짜에 커다란 동그라미를 그려두었다.

오랜만에 찾아온 손주들과 고구마 밭에 들어갔다. 손주들에게 구경시키려고 동그라미해 둔 날짜를 조금 미루어 두었다.
푸른 잎과 줄기가 밭을 가득 채우고 있었다. 비료와 농약을 한
번도 주지 않았는데도 잘 자라 주었다. 양파 사이에 심었는데
자리 탓인지, 양파 세력에 눌려서인지 처음에는 뿌리를 제대로
내리지 못하고 자람이 무척 더디었다. 양파를 뽑아내고 난 뒤
에는 그나마 제자리를 잡는 듯했으나 이어진 무더위 탓에 낮이
면 비실비실 마르기까지 했다. 새 잎과 줄기를 만들어 뻗어나
가는 모습은 볼 수가 없었다. 내가 도와 줄 수 있는 일은 해 질
무렵에 물이나 뿌려주는 게 고작이었다. 다행이 더위가 숙지막
할 무렵부터 뒤늦게 힘을 얻은 고구마는 쑥쑥 자라서 밭을 덮
었다. 그런 게 불과 한 달여를 지났을까. 100일이 되었다.

   그 한 달 동안 땅 속에서는 무슨 일이 일어났을까. 기대 반
우려 반으로 땅을 헤집었다. 그런데 이게 웬일! 팔뚝만한 고구
마들이 마치 꺼내주기를 기다렸다는 듯이 얼굴을 불쑥 불쑥 드
러냈다. 걸음마를 막 벗어난 손주들은 하나씩 들고 낑낑대며
날랐다. 한 포기를 캐낼 때마다 환호가 이어졌다. 그야말로 울
퉁불퉁, 제멋대로 생긴 놈들이 땅 위로 올라왔다. 손주들의 '우
와! 우와!' 내지르는 환호와 어울려 텃밭은 온통 축제를 연출
하였다.

   달게 먹었던 고구마가 땅에서 올라온 게 신기한 모양이었

다. 손주 녀석들은 여전히 고구마를 하나씩 껴안고 깔깔댔다. 새삼스럽게 고구마처럼 훌쩍 커버린 손주들의 모습이 다가왔다. 아무 것도 해준 게 없는데 이런 기쁨과 행복감을 주다니 놀랍고 신기했다. 모든 생명의 변화가 바로 신비라는 사실이 크게 느껴졌다. 그러고 보니 아무도 도와주지 않은 게 아니었다. 햇살과 땅, 그 속을 흐르는 물과 그 위를 떠도는 맑은 공기가 뭇 생명을 끊임없이 도와주고 있었다. 자연이 내미는 손길이었다.

세상이라는 소쿠리에 가득한 생명의 신비가 그저 놀라울 따름이다.

아버지

요즘 아들과 딸을 모두 결혼시키고 나서 그런지 문득문득 돌아가신 아버지 얼굴이 떠오른다. 운전하다가도, 산책을 하다가도 아버지 생각에 그 삶을 더듬어 보게 된다. 내 아버지는 참으로 힘들게 사셨다. 그래서 아버지를 생각하면 강인했다는 인상보다 처연한 느낌이 먼저 든다.

수년 병고에 시달리시다가 칠십을 갓 넘기고 돌아가신 아버지는 평생을 한눈팔지 않고 농사일에만 매달려 오셨다. 여덟 살에 아버지를 여의고 홀로된 어머니와 함께 가정을 일으켜 온 나의 아버지에게는 취미라는 건 따로 없었다. 남들처럼 흥겹게 춤추며 노래하는 일이나 여행이나 경로당에서 술내기 화투를 치는 일도 없었다. 아예 그런 일은 배울 여유도 없었으며, 그런 생각조차도 사치로 생각하셨다. 오직 숨 가쁘게 앞만 보고 내달리며 사셨다.

아버지에 대해 남아 있는 두어 가지 기억도 그렇다. 아버지는 마을에서 가장 큰 황소를 갖는 것을 긍지로 삼으셨다. 고집스럽게 황소에 집착하신 이유를 짐작하게 하는 이야기가 있다.

추석을 몇 주 앞두고 할아버지 산소로 성묘를 가는 길이었다. 갈평이라는 곳을 지날 무렵이었다. 그곳에는 높다란 바위산이 있었는데 마치 사람 셋이 걸어가는 형상이었다. 아버지는 그곳을 가리키며 삼승바위라고 하셨다. 낮에 보면 스님 셋이 걸어가는 것 같고 밤에 보면 호랑이가 황소와 싸우는 것 같다고 하시며 거기에 얽힌 전설을 천천히 이야기해 주셨다.

황소를 끌고 장에 갔던 농부가 늦은 밤 집으로 돌아가다가 산 속에서 호랑이를 만났다고 한다. 살아날 길이 없다는 것을 깨달은 농부는 황소라도 도망치게 하려고 달구지를 매단 길마 줄을 끊었다. 그런데 도망칠 줄 알았던 황소는 몸이 자유로워지자 오히려 농부를 자신의 앞다리 사이에 챙기고는 호랑이와 밤새 싸웠다. 날랜 호랑이와 맞선 황소는 온몸이 피투성이가 되었다. 새벽이 되고 날이 밝아오면서 호랑이가 도망을 가자 상처투성이인 황소는 그제야 쓰러졌다. 소를 살리기 위하여 길마를 끊어준 농부와 목숨 바쳐 주인을 지킨 황소, 목숨을 걸고 서로를 지킨 이야기를 들려주면서 의리와 희생을 한참 동안 이야기해 주시던 아버지의 모습은 아직도 기억에 남는다. 그래서 그랬는지는 몰라도 아버지의 황소에 대한 집착은 남달랐다. 황소들 중에는 가끔씩 힘을 주체하지 못하여 난폭하게 뿔을 곤두세우거나 뒷발을 내지르는 놈도 있었다. 그러나 아버지에게는 어림없는 짓이었다. 기어이 그 버릇을 고쳐 손아귀에 넣곤 하셨다. 힘이 넘치는 황소로 이웃의 농사일까지 도맡아 하실 정도로 부지런하셨다.

이렇게 알뜰히 거둔 곡식을 오직 우리 형제들의 학비에 쏟아 부으셨다. 그러고는 덧붙이셨다.

'얘들아! 내가 너희들에게 주는 학비에는 내 땀이 밴 거야. 거짓이 하나도 묻지 않은 맑은 거야.'

그때만 해도 더욱 넉넉하게 주시지 않는 것이 불만스러웠을 뿐 그 말뜻을 깨닫지 못했다. 내가 자식들을 키워 내보낸 뒤에야 뒤늦게 아버지의 그 진심을 조금씩 알아가고 있다.

아버지의 책 읽기는 놀라울 정도였다. 매일 저녁 책을 읽으셨다. 고된 농사일 속에서도 저녁에는 꼭 책을 놓지 않았다. 정규 교육을 받지 않으셨지만 대학을 나온 나보다 역사나 한문학은 오히려 많은 걸 알고 계셨다. 많은 야사들을 줄줄 꿸 정도였다. 책 읽는 모습과 우리들에게 들려준 역사 이야기는 내가 이야기꾼이 될 수 있었던 토양 중 하나였다고 감히 이야기할 수 있겠다.

나의 학교 공부가 한에 차지 않으셨던지 초등학교 겨울방학 때 쌀과 옷가지를 챙겨 국당의 종숙부가 운영하던 서당으로 보내셨다. 가끔씩 들리셔서 곁눈으로 내가 써놓은 글자를 보시며 잔잔하게 미소 짓는 모습에 코끝이 찡해지곤 했다.

책읽기에서 나름대로의 이념적 가치관을 얻으셨기 때문일까. 아버지께서는 그 뒤죽박죽이던 자유당 독재시절 엉뚱하게도 민주당 일을 보았다. 작은 시골 마을에서는 완전히 왕따가 되신 셈이었다. 권력과 그 언저리에 빌붙은 자들의 사주를 받은 깡패들 테러를 피해 보리밭에 숨어 다니면서도 뜻을 굽히지 않으셨다. 선거가 한창일 때는 몰래몰래 아버지 밥 심부름을 했던 기억도 여러 번이다. 그 꼬장꼬장한 정의감 때문에 좁은 시골에서 곤혹스러움도 많이 당했지만 인심은 잃지 않으셨다. 마을에서 민주당 표가 그런대로 많았다는 걸 늘 자랑으로 삼으셨다.

이렇게 모든 일에 당당하고 철저하던 아버지께서 허물어지기 시작한 것은 내 아래 세 살 터울이던 둘째 자식을 잃고부터였다. 둘째는 공부나 운동이나 체격에서 특출했다. 그래서 아버지께서는 통훈대부였던 증조부를 꼭 빼닮았다 하시며 늘 대견해 하셨다. 그런데 그 자식을 고등학교 졸업하던 해에 잃자 삶의 의욕도 함께 버리셨다. 매일 술만 찾으셨다. 술은 몸과 정신을 해쳤으며 주위 사람들도 멀어지게 만들었다. 안타까움에 애를 태우던 어머니께서 가족들 몰래 푸닥거리까지 하셨다는 것은 나중에야 알았다.

어느 해였을까. 추석 전날, 밤이 이슥토록 아버지께서 돌아오시지 않았다. 또 어디를 헤매지나 않나 하여 잔뜩 긴장하고는 찾아 나섰다. 아버지 친구들 집에도 가 보고 손전등을 들고 우리 논밭 근처도 한 바퀴 돌았지만 찾지 못했다.

마을 어귀로 종종걸음을 치며 돌아오는데 아버지는 바로 길 옆 가게에 앉아 계셨다. 나는 조심스럽게 아버지를 불렀다. 나를 물끄러미 바라보시더니 앞에 앉으라고 하셨다. 그러고는 손짓을 했다. 아버지가 가리키는 곳을 보았다. 버스정류장에서 곧장 마을로 이어지는 길이었다.

"다른 집 아이들은 명절이라고 죄다 돌아오는데 네 동생 그놈은 왜 오지 않나?"

아버지는 가만히 흐느끼셨다. 아버지는 아침부터 밤이 이슥한 그때까지 마을로 들어오는 길목을 지키며 올 수 없는 자식을 기다리고 있었던 것이다. 기다림에 목이 타면 술로 갈증을 풀어내셨던 거다. 풀리지 않을 갈증은 아버지의 애를 녹인 셈이었다.

나는 집으로 가자는 말을 차마 꺼내지 못하고 아버지의 아픔 속에 오랫동안 앉아 있었다.

그 이후에 비로소 안 일이지만 아버지의 기다림은 명절 때만이 아니었다. 날마다 뉘엿뉘엿 해가 지면 커다란 어깨를 끄덕이며 돌아올 것만 같은 자식을 기다리다가 타는 가슴을 삭이느라 술을 드시곤 했다. 곁에서 함께 생활하면서도 아버지의 속마음을 짐작도 못하고 원망했던 일들이 지금까지 죄스럽기만 하다.

나는 그날 아버지를 부축하고 달이 휘영청 밝은 밤길을 걸었다. 그렇게 당당하던 어깨와 억센 뼈대는 다 어디 갔는지 앙상한 뼈마디가 내 손끝을 아리게 했다. 부모가 되어 보아야 부모 마음을 안다고 하지만 꼭 그렇지만도 않다. 아버지의 마음 깊이 가라앉아 있던 그 사연만큼은 내가 부모가 된 지금도 아직 헤아리지 못하고 있다.

오직 앞만 보고 정직하게 가족의 삶을 올곧게 챙겨 오신 나의 아버지, 돌아가실 때까지 여유로운 시간 한번 갖게 해 드리지 못한 것만 같다. 뿐만 아니라 끝내 떨쳐내지 못한 아픈 그리움 하나를 갖고 가셨다는 게 늘 나의 마음을 어둡게 한다.

아직도 어색한 말

정월 대보름날이었다.

양력이 일반화되면서 음력 절기는 꼭 기억하려고 애쓰는 날이 아니면 잊어버리고 산다. 이번 대보름도 마찬가지였다. 퇴근하다가 달집이 세워져 있고, 정월대보름이라는 긴 휘장이 늘여져 있는 것을 보고 그제야 정월 대보름이라는 사실을 깨달았다. 그 순간, 어머니 얼굴이 떠올랐다. 해마다 대보름이면 어머니는 오곡밥과 몇 가지의 나물을 장만하여 우리 식구들을 부르곤 하셨다. 정월 대보름에는 으레 어머니 집으로 가서 저녁을 먹었다. 그러나 어머니가 팔순을 넘기고 건강이 안 좋아지셔서 그 일을 말렸다. 그래서 정월 보름날 어머니 집으로 가는 일도 없어졌다.

그런데 그 휘장과 달집을 보는 순간, '혹시'라는 생각에 한참이나 늦은 시간에 어머니 집을 찾아갔다. 그런데 그 늦은 시간까지 어머니는 오도카니 누군가를 기다리고 계셨다. 우리들이 오지 않기로 한 지난 몇 년 동안, 오지 않을 것을 번연히 알면서도 어머니는 오곡밥을 하신 것이었다. 말로는 왜 이런 수고를 하냐고 불퉁거렸지만 가슴 밑바닥에서 아릿한 감정이 북받쳐 올라왔다.

어머니와 겸상을 하고 앉았다. 상에는 오곡밥과 나물, 갈치찌개 그리고 고소하게 구워진 김이 놓여 있었다. 어머니는 팔순이 넘으면서 눈도 침침해지고, 귀는 아예 절벽이 되었다. 그런 몸으로 아침 일찍 시장에 가서서 자식이 좋아하는 찬거리를 골랐을 것이다. '얘야! 먹자.'라는 말을 듣고도 한참동안 음식을 집을 수가 없었다. 그런데 마음과는 달리 또 엉뚱한 말이 튀어 나왔다.

"힘드신데 앞으론 정말 하지 마세요."

"나는 괜찮다. 내가 이제 몇 번을 더 하겠느냐."

나는 한동안 할 말을 잃고 말았다. 이를 알아챈 어머니는 슬쩍 말머리를 돌렸다.

"보름 음식은 이웃과 나눠야 하는데. 요즘은 그게 안 되네."

정말 예전에는 그랬다는 생각이 들었다. 어디 이웃뿐이랴.

아침 일찍 외양간 소에게도 사람과 똑같은 상을 차려 주었다. 소와 보름 음식을 나누는 것은 지극히 당연한 일이었다. 풍년 농사는 꾸벅꾸벅 논밭을 누비던 소에게 달려 있었다. 그 일이 끝나면 담장 위에도 밥과 나물을 올려 두었다. 오가는 날짐승, 길짐승과도 나누었다. 이름을 알 수 없는 짐승까지도 돌아보았던 게 우리 조상들의 마음 씀씀이였다. 모든 목숨들과 나눔, 그게 대보름을 쇠는 진정한 의미였다.

돌아가려고 마당으로 나왔다. 그사이에 달이 둥그렇게 올라와 있었다. 달을 본 순간 어머니는 두 손을 모으고 조용히 고개를 숙였다.

"무슨 소원이라도 있으세요?"

"이 나이에 무슨 소원이 있겠냐. 돌아보면 다 고마운 일뿐이다. 하나 있다면 너희들 고생 안 시키고 자는 듯이 떠나는 거지 뭐."

어머니는 희미하게 웃었다. 달을 쳐다보며 소원을 빈다고 이루어지기야 하랴마는 어머니는 그 달을 보면서 평생을 그렇게 소망을 품고 사셨다.

추운 날씨에 들어가시라고 자꾸만 손사래를 쳤지만 어머니는 골목길 끝까지 따라 나오셨다. 오히려 차에 오르는 내게 운전 조심하라고 신신당부를 했다. 거울로 본 어머니는 점점 작

아져서 하나의 점이 되었다. 그때까지도 여전히 손을 흔들고
계셨다.

"고맙습니다."

그제야 그 말이 내 못난 가슴을 열고 나왔다.

"당신의 아들로 태어나서 정말 고맙습니다."

어머니 앞에서는 도무지 이 말이 나오지 않는다. 나는 왜,
아직 이 말이 어색할까. 참 알다가도 모를 일이다.

어머니와 강아지

위태위태하게 버티던 어머니가 기어이 병원 신세를 지게 되었다. 병원 침상에 누운 모습을 바라보니 온갖 생각이 다 들었다. 바람에 날아갈 것 같은 야윈 몸으로 그 긴 세월, 곡절 많은 고비를 어떻게 견디셨나 싶어 가슴이 아려왔다.

특히 어머니는 20년 넘게 어미 잃은 손자 둘을 데리고 조손가정을 꾸려왔다. 그 긴 세월 동안 맏이인 내게도 차마 말할 수 없어서 가슴에 묻어둔 이야기가 한두 가지였을까. 며느리를 먼저 보내고 다 당신의 첫값인양 어린 손자들을 거두어 입히고 먹이셨다. 손자를 맡고부터는 남우세스럽다며 마을 경로당뿐만 아니라 이웃 나들이조차 조심하셨다. 오직 손자들에게 생활을 맞추셨다. 몸이 약하여 늘 몸져눕는 게 연례행사였는데 농사일까지 새로 시작하셨다. 손자들을 학교에 보내고 난 뒤에 하루 종일 흙과 씨름을 하셨다. 그렇게라도 해야 꼬리를 물고 이어지는 손자들 걱정을 물리칠 수 있었을 것이다.

그렇게 키운 아이들이 자라서 이번 봄에 어머니 품을 떠나게 되었다. 첫째는 대학으로, 둘째는 입대를 하였다. 이것저것을 챙겨서 손자들을 보내고 이튿날 어머니가 덜컥 쓰러지셨다. 병원으로 옮겼지만 특별한 병은 없었다. 그런데도 앉아 있을 기운조차 죄다 빠져나가버린 것 같다고 했다.

아내는 어머니가 손자들을 내보내고 긴장이 풀어졌기 때문일 거라고 했다. 그 허전함을 달래줄 방법을 찾아보다가 집에서 기르던 강아지를 데려다 주면 어떻겠냐고 했다. 강아지 재롱이라도 보면 덜 외로울 거라는 생각이 들었다. 그래서 제일 귀엽고 눈처럼 하얀 강아지를 골라서 한 마리 안고 갔다. 어머니도 강아지 재롱을 보며 무척이나 좋아하셨다. 쓰다듬고 놀리고 안아주기도 하였다. 냉장고를 여시고 강아지가 좋아할 만한 것을 챙겨 주시기도 했다. 어머니 얼굴도 어린아이처럼 밝아지는 듯했다. 그래서 돌아올 때쯤 넌지시 말을 꺼냈다.

"어머니, 이 강아지 놓고 갈게요. 어머니가 키우세요. 외로움도 덜어줄 거예요."

그 말끝에 어머니는 물끄러미 강아지를 바라보시다가 등을 가만가만 쓰다듬으며 말씀하셨다.

"아니다. 그만 데리고 가거라."

"아니, 왜 그러세요? 강아지 좋아하셨잖아요. 적적한 집 분
위기도 바꾸고요."

"내 나이 팔십을 한참 넘었는데 아무래도 내가 이놈보다 먼
저 죽을 거 아니냐? 내 죽고 나면 이놈이 혼자 남아서 정을 못
떼고 허둥댈 텐데 그 일을 생각하니……."

"아니, 뭘 그런 거까지 생각하세요."

"그런 거라니? 그런 말 마라. 미물도 가슴 아픈 거는 다 똑
같다."

나와 아내는 더 이상 아무 소리도 못하고 강아지를 안고 돌
아왔다.

이야기가 사는 길

자주 걷는 편이다. 하루에 만 보를 걷자며 다짐하고 있다. 걷기 좋은 곳이 주변에 참 많다. 집을 나서서 포항운하를 왕복하고 나면 약 8천 보가 된다. 좀 변화를 주고 싶은 날은 바닷길을 따라 걷다가 송도 솔밭으로 들어간다. 도시 숲 조성공사를 마친 뒤에 제법 볼거리까지 곁들여져 있다. 폐철도 부지에 만든 도시 숲길은 또 다른 맛이 있다. 덕수 공원 입구에서 작은 굴까지 이어지는 길은 소풍 다녔던 옛 생각을 나게 한다. 요즘은 한 번씩 효자역으로 가서 대잠 사거리까지 걸어본다. 덤으로 불의 정원도 볼 만하다. 마음을 먹고 하루를 내면 청림에서 출발하는 호미곶 둘레길도 일품이다. 그동안 숨겨놓았던 해안 벼랑의 보석 같은 모습들이 탄성을 자아내게 한다. 녹색 생태도시를 꿈꾸는 포항시의 「그린 웨이」 조성사업은 시민들의 삶에 변화를 줄 만큼 좋은 결과를 보여 주고 있다. 이처럼 우리 곁으로 성큼 다가온 걷는 길들이 봄을 맞아 싱그럽기만 하다.

현재 포항의 도심 자리는 원래 물길이 만든 땅이었다. 형산강이 바다를 만나면서 섬을 만들었고, 물길을 따라온 사람들이 땅을 일구며 살기 시작했다. 바다를 바라보며, 물풀 사이를 달리고, 샛강을 건너뛰었다. 그들의 걸음이 쌓이고 쌓여서 푸른 길이 되었다. 그저 걷기만 한 게 아니라 만나는 사물과 수없는 대화를 하고 나름의 이름도 붙였을 것이며, 때로는 이야기를 만들어 함께 나누었을 것이다.

산책을 할 때면 문득문득 그곳에서 오롯이 살았던 이야기가 떠오른다. 형산강 둑길을 걸으면 연일 외가를 오가던 잠수교가 그려진다. 남부 경찰서, 그 곁에는 구강이라는 이름의 제법 큰 못이 있다. 샛강이 흐름을 멈추어 둠벙이 된 곳이었다. 못가에는 키 큰 미루나무가 울타리처럼 줄을 서 있었다. 둠벙에는 쇠물닭과 개개비가 물풀 줄기를 엮어 집을 지었다. 봄철 산란기가 되면 가물치와 메기가 물풀에 몸을 비벼댔다. 아이들 사이에는 그 못에는 지킴이가 있다느니, 달 밝은 밤에 못가로 기어 나온 것을 보았다느니 조금은 오싹하면서도 흥미를 더해 주는 이야기가 퍼지기도 했다.

포항 운하를 걸을 때면 항상 떠오르는 이야기가 있다. 포항 운하 자리에 있었던 딴봉에는 심술꾸러기 장사가 살았다고 한다. 늘 약한 사람들을 괴롭혔는데 하루는 형산강에서 낚시를 하다가 늪에 살고 있던 지킴이에게 혼쭐이 난 뒤에 그 못된 버릇을 고쳤다고 하였다. 형산강, 섬안 곳곳에는 이런 이야기가 강물처럼 흘렀다. 새를 쫓으며, 물고기를 잡으며, 소금을 고며 부르던 노래도 한두 가지가 아니었다. 이 이야기와 노래가 사람들의 삶을 풍요롭게 했다.

포항운하로 막혔던 물길이 돌아왔다. 「그린 웨이」 사업으로 숲길이 우리에게 돌아오고 있다. 그러나 가슴 한 구석이 채워지지 않고 있다. 함께 살았던 이야기와 노래는 아직 돌아오지 않고 있다. 도시 숲길을 걷는다. 시민과 자연을 잇는 그린 웨이를 걷는다. 그 길 위에서 사라진 이야기를 만나고 싶다.

참으로 좋은 상

이웃 마을 작은 도서관에서 와 줄 수 있느냐는 연락을 받았다. 마을 어머니들이 뜻을 모아 독서 교실을 열었는데 참여한 아이들이 지은이를 만나고 싶어 한다고 하였다. 전화를 건 사람의 조심스러운 목소리가 거절할 수 없도록 만들기도 했지만 집에서 멀지 않은 마을이었기에 그러겠다고 선선히 허락을 하였다.

약속한 날 도서관에 갔더니 마을 주민센터 2층을 고쳐서 꾸민 정말 작은 공간이었다. 오순도순 모여 앉은 아이들도 보기에 좋았고, 그 아이들을 돌보고 있는 어머니들의 봉사하는 손길 또한 참 정성스러웠다.

지난 열흘 동안 내 동화를 중심으로 독서활동을 했다고 한다. 그래서 거기에 맞게 준비해 간 내 동화에 대한 이야기도 들려주고 아이들의 질문도 받으며 약속된 시간을 마쳤다. 아이들의 초롱초롱한 눈동자와 또록또록한 질문들이 나를 긴장시키기도 했다. 그러나 아이들과 함께하는 시간 내내 정말 잘 왔다는 생각이 들 만큼 행복했다.

　　이야기를 마치고 내려왔더니 대표되는 분이 조금 더 시간을 내달라고 했다.

　　"선생님! 안 바쁘시면 좀 기다려 주세요. 시상식 순서가 있거든요."

　　"그래요? 열심히 참여한 아이들에게 격려해 주는 건 좋은 거지요."

　　"선생님 상도 있어요."

　　'내 상도 있다고?'

　　잘못 들은 거라고 넘겼지만 생각 한쪽이 자꾸 그 상이라는 말에 끌려가고 있었다.

　　'내게 상을 준다고? 아닐 거야. 그냥 기념품을 그렇게 말했겠지.'

　　나는 그렇게 눙치고 말았다.

　　그러고 보니 나는 상과는 상관없이 살았던 것 같았다. 동화를 30년 넘게 써오고 펴낸 책도 20여 권이 되지만 아직 그 흔하디 흔하다는 문학상 한번 받아 보지 못했다. 물론 내 작품이 눈에 띌 만큼 뛰어나지 않기도 했지만 받으려는 노력도 하지 않았다. 개인적으로 낯가림이 심해서 여럿이 함께 어울리는 문학단체 활동에 잘 적응하지 못한 탓도 있었다. 어쩌다가 출판사 일로 서울에 한번 다녀오기라도 하면 그 번잡함에서 오는 피로감 때문에 며칠 동안 정신이 흐릿해지곤 했다. 그래서 시골에 산다는 핑계를 대며 문단 선후배들을 만날 기회조차 애써 피해왔다. 핑계 같지만 그렇게 시골에 주저앉아 살아온 탓에 문학상과는 더욱 인연이 멀어졌던 것 같다.

곧 시상식이 이어졌다. 마을 주민센터에서 나온 분이 앞에 나와서 상장과 푸짐한 상품으로 아이들을 격려하였다. 아이들도 상품을 한 아름씩 안고 환하게 웃었다. 정말 박수와 웃음이 넘쳐나는 분위기였다.

마지막으로 진행을 맡은 어머니가 나를 앞으로 불러냈다. 나는 영문도 모른 채 앞으로 나갔다.

"이번에는 작가 선생님을 시상하는 순서입니다."

한 아이가 싱글거리며 뛰어나와서 내 앞에 섰다. 아이는 옆구리에 끼고 있던 상장을 펼치더니 큰 소리로 내용을 읽기 시작했다.

<참 좋은 작가상>

이름: 김 일 광

위 사람은 꿈과 사랑이 담긴 동화를 써서

독서교실 동안 우리들을 행복하게 해 주었기에

이 상을 드립니다.

아이는 상장을 내 앞으로 불쑥 내밀었다. 나는 상장과 함께
그 아이의 손을 움켜쥐고는 싱글거리는 아이의 눈을 들여다보
았다. 마치 전류가 흐르는 듯 가슴이 찌르르해 왔다. 상장과 함
께 아이가 건네주는 맑고 투명한 마음이 내게 전해졌다.

나는 처음으로 문학상을 받았다. 세상에서 가장 자랑스럽
고 또 영광스러운 상이었다.

할머니 선생님

큰아이가 결혼을 허락해 달라며 여자 친구를 데리고 왔다. 서른을 훌쩍 넘겨가며 공부하느라 결혼에 대해서 말도 꺼내지 못하게 하더니 하던 일이 어느 정도 마무리되었는지 10년 가까이 만나고 있는 여자 친구가 있다고 했다.

아들의 여자 친구를 보면서 그저 고맙고 반가운 마음뿐이었다. 아들은 약하게 태어나서 감기를 달고 자랐다. 돌 지나기 전에는 한 달이면 20여 일을 병원에 드나들 정도였다. 또래들보다 약하고 더디게 자라는 모습을 보면서 아내가 임신을 했을때 제대로 챙겨주지 못한 나의 탓인 것만 같아서 늘 가슴 한쪽이 아릿해지곤 했다. 그런 아이를 믿고 따라온 여자 친구인지라 예쁘기만 했다.

함께 식사를 하고 이런저런 이야기를 나누고 아이들을 보냈다. 경주역까지 바래다주고 돌아서는데 문득 아들의 초등학교 첫 담임선생님이 떠올랐다. 몸이 약하고 매사에 자신이 없었던 아들은 초등학교 생활 역시 낯선 환경에 겁을 먹고 적응을 하지 못하였다. 엄마 옷자락을 잡고는 놓지를 못하였다. 아예 학교를 가지 않으려고 울어대기 일쑤였다. 그런데 그런 아들을 맡은 담임선생님은 나이가 지긋한 여선생님이었다. 그야말로 젊은 학부모들이 약간은 꺼리는 할머니 선생님이었다. 자녀를 다 키우고 손자들까지 키웠을 것 같은 이 할머니 선생님은 학교에 적응하지 못하는 우리 아이를 손자처럼 안아 주고 보듬어 주었다. 심지어 소풍가는 날은 뒷걸음을 치며 울어대는 우리 아이를 업고 갔다. 그 선생님의 느긋하게 기다려 주는 배려 덕분에 아이는 천천히, 아주 천천히 학교 생활에 적응을 하게 되었다. 아내와 나는 지금까지도 아들의 선생님 하면 그 할머니 선생님 얼굴이 떠오른다.

책을 읽다 보면 가슴에 남는 책이 있다. 내게는 《멀린 선생님의 환상 수업》이 그런 책이다. 호주의 이야기이다.

막 5학년에 올라간 스코트와 친구들은 선생님에 대한 기대도 없고, 똑같이 반복되는 학교 생활이 마냥 따분하기만 했다. 그러나 새 학년 첫날, 그런 못난 생각들은 말끔히 지워지고 말았다. 학교가 지루하다고? 천만에! 새로운 담임선생님인 멀린은 지루할 틈을 주지 않았다. 바로 멀린 선생님이 동원한 기발한 수업 방식 덕분이었다. 학급 규칙도 참 특이하게 만들었다. 아이들의 일반적인 생각으로는 상상도 못할 규칙이었다. 교실에서 초콜릿 먹기. 선생님이 농담하면 무조건 웃어 주기, 자주 잡생각 하기, 텔레비전 보고 시험 치기 등등. 답답한 숙제와 공식외우기 수업만 받아왔던 아이들은 단박에 재미있는 공부에 빠져들기 시작했다. 멀린 선생님은 그런 재미에 빠진 아이들의 가슴 밑바닥에 주저앉아 있던 창조적인 재능을 깨워가기 시작했다. 아이들은 점점 멀린 선생님의 환상적인 수업에 빠져들었고, 그의 수업방식을 좋아하게 되었고, 그 선생님의 손길 끝에서 아이들은 변화하기 시작하였다.

대부분의 학교가 3월이면 시업식과 입학식을 한다. 그런데 이상하게도 2월 입학식을 한다는 학교들이 눈길을 끈다. 어떤 대학은 아예 2월부터 신입생들을 강의실로 집어넣는다고도 한다. 시업식이나 입학식이 따로 없는 고등학교도 있다고 한다. 입학도 하기 전부터 학생 관리에 들어가는 셈이다. 무슨 관리를 하려는 것인지는 모르지만 속셈이 영 수상쩍다. 학생들을 다른 학교에 빼앗길까 봐, 혹은 우리 학교는 공부를 이 정도로 많이 시킨다고 학부모에게 홍보를 겸하고 있는 것만 같아서 영

찜찜하다. 아이들마다 그 자람의 적기가 있기 마련인데 우격다 짐으로 휘둘러대는 폭력과도 같다는 느낌마저 든다. 우리 교육 도 이제는 달라질 때가 되었다. 경쟁의 차가움보다 교육의 원래 얼굴인 따뜻함을 찾아야 한다.

요즘 교육을 바라보는 시선들이 곱지만은 않다. 학부모들은 하나같이 실력 있는 선생님 만나기를 고대한다. 실력 있는, 능력 있는 교사는 과연 어떤 모습일까. 아이들의 성적을 원 없이 올려주는 교사일까.

우리 사회는 과연 어떤 모습의 교사를 실력 있다고 평가하고 있는가. 정확한 답을 구하기 힘든 시대를 살고 있다.

교육은 어떻게 이루어져야 할까? 가르치는 자와 배우는 자 사이의 소통과 교감이 그 바탕이어야 한다. 학교는 재미있고, 마음 편히 공부할 수 있는 곳이라는 것을 인식시키는 것이 가장 먼저이다. 일부에서는 초등학교 입학식을 5월에 했으면 좋겠다고 한다. 왜냐하면 3월은 채 겨울이 가기도 전이니 새로운 환경에 겁을 먹은 아이들이 꽃샘추위로 더욱 움츠려 들까봐 염려되기 때문이다. 꽃피는 5월의 입학식은 어떤 모습일까? 따뜻한 봄날, 학교로 들어서는 아이들의 마음이 봄꽃처럼 환하게 피어날 것만 같다. 학교는 이처럼 아이들이 즐거워하고 행복을 주는 자람의 터가 되어야 마땅하다.

아들 녀석은 열차 안으로 사라졌다. 어린 아들을 의젓하게 만든 바탕은 환상 수업을 이끈 멀린 선생님과 같은 할머니 선생님이 보여 준 기다림의 손길이었다. 고마운 일이다. 주입식 교육과 권위 의식으로 물든 차가운 교육으로는 아이들을 행복하게 키울 수 없음을 다시 한 번 깨닫는다.

철새,
길을
잃다

갤러리, 가을을 걸다

유난히 무덥던 올 여름이 언제나 끝이 나려나 했는데 갑자기 기온이 뚝 떨어지면서 가을도 없이 바로 겨울로 와 버린 느낌이다. 하루 종일 잔뜩 움츠린 채 앉아 있다가 문득 고개를 들어 창 너머를 보니 어디 숨어 있다가 나온 것처럼 온통 가을빛이다. 몇 시간 전부터 창을 '똑똑' 두드리고 있었던 것처럼 가을은 그 모습 그대로 창 밖에 서 있었다. 시간은 또 계절은 건너뛰는 일 없이 질서 있게 움직이고 있다는 것을 다시 한 번 일깨워 준다.

'그래, 나는 늘 그 자리에 그 모습으로 너를 기다리고 있어.'

그렇게 말하고 있는 듯하다. 가을을 마주하고 나서야 채신머리없이 조금 덥다고 짜증내고, 또 언제는 너무 춥다며 웅크리던 나 자신이 같잖아서 혼자 머쓱해지고 말았다.

의자를 뒤로 물리고 창을 열고 서서 한껏 팔을 벌려 보았다. 가을을 호흡하는 나무들이 새삼스러운 모습으로 눈에 들어왔다. 은행나무의 샛노란 잎, 벚나무의 붉은 잎들이 하늘을 지나는 위대한 시간을 읽고 있었다. 그런 시간을 깨닫지 못하고 바쁘다는 말을 입에 달고 허둥지둥 살고 있는 게 왠지 부끄러웠다.

옛 어른들은 가을에는 다른 계절과 달리 좀 더 느긋해지고, 주변도 살펴보아야 한다고 말했다. 결실의 시절이기도 하겠지만 들녘을 물들이는 황금 빛깔을, 산골짜기를 타고 내려오는 울긋불긋 단풍을 보면서 여유를 가지라는 의미였을 것이다.

문학하는 벗들에게 오랜만에 전화를 넣었다. 마침 포스코 갤러리에서 보내 준 전시회 안내장이 생각났기 때문이었다.

'불의 예술, 가을 색에 물들다'라는 제목으로 55인의 작가들이 모여서 칠보 생활용품 전시를 하고 있었다. 그야말로 칠보 작품들이 가을을 데리고 와서 갤러리 벽면 가득 걸어두고 있었다. 1백여 점의 작품 하나하나가 저마다 서로 다른 모양과 빛깔을 보여주며 우리의 걸음을 붙들었다. '불'이라는 제재와 작가 개개인의 내면이 다양한 색깔과 형태를 연출하면서 보는 사람을 황홀하게 만들었다. 한데 모아놓은 칠보 작품을 볼 기회를 가질 수 없었던 우리들은 처음에는 약간의 거부감이 들었지만 시간이 지나면서 보는 사람의 마음에 천천히 다가와 물들였다. 더욱이 우리들 마음을 잡아끈 것은 칠보라는 소재뿐만 아니라 작품을 완성해 간 작가들의 삶과 불 속에서 참고 견딘 길고 긴 시간이었다.

곰곰이 생각해 보니 우리도 어느새 포스코 갤러리의 단골 관람객이 되어 있었다. 그동안 기획전에서 얻은 인상이 참 좋았기 때문이다. 경인년 새해맞이로 기획된 호랑이전은 전시 공간과 관람객의 거리를 좁히는 계기를 만들어 주었다. 호랑이 그리기에 관람객들이 가족 단위로 직접 참여할 수 있는 기회 부여는 감상 위주의 전시만 하는 갤러리가 아니라 관람객을 참여시킴으로써 갤러리와 관람객, 전시 작품과 관람객 사이를 가로막고 있던 벽을 허물어 버린 기획이었다. 아마 그때 참여했던 사람들은 경인년 한해를 호랑이처럼 역동적으로 살아갈 에너지를 얻었을 것이다. 아울러 익살스런 호랑이를 통하여 한해를 즐겁고 행복하게 시작할 수 있었을 것이다.

6월의 철강 사진전도 그랬다. 철이라는 차갑고 무겁다는 고정된 이미지를 단박에 날릴 수 있었던 전시회였다. 사진에 나타난 다리와 건축물들이 보여준 조형미는 사진이라는 매체를 통하여 더욱 아름답고 신비하게 그 모습을 드러내고 있었다.

철은 우리의 생활 속에서 아름답고 신비하게 변화되어 우리와 함께 세상을 살아간다는 사실을 깨닫게 해 준 전시였다.

영남구상의 진수전도 오늘날 회화의 조류와 영남이라는 지역적 특성이 반영된 기획전이었다. 사실 영남은 서울, 평양과 함께 일제 강점기부터 현대 회화를 이끌어 온 고장이었다. 그러나 해방 후 산업화 시대를 거치는 과정에서 우리 사회가 서울 중심으로 치달으면서 영남 미술도 위축되었던 게 사실이다. 포스코 갤러리의 기획전은 구상미술의 진가를 보여주었으며, 영남 미술에 대한 새로운 의미를 부여하기에 충분했다는 생각이 들었다.

칠보전을 찬찬히 둘러보면서 우리들은 작품 가격을 묻지 않았다. 어쩌면 우리들의 채집 가방에는 이미 칠보처럼 아름다운 가을 색의 시어들로 가득 차 버렸기 때문이었으리라.

포스코 갤러리 안으로 들어온 가을은 사람과 사무실 곳곳을 그들의 넉넉함으로 채색하고 있었다. 만나는 사람마다 마주잡는 손길이 따뜻했으며, 얼굴에는 느긋한 웃음이 흘렀다. 푸르던 옷을 따뜻하고 온유한 옷으로 갈아입은 사람들은 천천히 아름다운 색상의 칠보로 물들어 가고 있었다.

밖으로 나온 우리들은 막 석양에 물든 서쪽 하늘을 보며 그것이 그림이라며, 가을 하늘의 진수라며 괜히 탄성을 질렀다.

우리들은 놓치지 않고 채집 가방에 그 붉은 가을 하늘 한 조각
씩 나누어 담았다. 꽉 찬 줄 알았던 가방에 아직 빈자리가 남아
있었다. 우리가 하는 문학이 바로 그런 삶 속에 숨어있는 빈자
리일 거라 이야기하며 함께 웃었다.

독도와 강치 그리고 수토사

주말에 울진군 기성면 구산 마을 대풍헌에서 수토사 재현 행렬이 있었다. '수토사'가 기록에 처음 등장한 시기는 숙종 때이다. 그야말로 수색하여 토벌하라는 명을 수행하는 관리이다.

고려 말과 조선 초기에 왜구들의 노략질로 울릉도, 독도에서 우리 백성들의 피해가 심해졌다. 울릉도를 거점으로 동해안의 침탈이 잦아지자 조정에서는 백성들을 보호하기 위하여 울릉도, 독도 백성에 대한 쇄환정책을 펴게 된다. 즉 백성을 육지로 이주를 시켜서 살게 한 것이다. 그렇다고 울릉도와 독도를 버려둔 건 아니었다. 숙종 때부터 정기적으로 수토사라는 관리를 파견하여 불법으로 섬에 들어온 왜구와 왜인들을 수색, 토벌하였던 것이다.

'대풍헌'은 바로 이 수토사 일행이 울릉도로 가기 위하여 서풍을 기다리며 머물렀던 집을 뜻한다. 경북 울진군 기성면 구산마을에 지금도 남아 있다.

숙종 때부터 고종이 백성들의 이주를 명할 때까지 200여 년 동안 2~3년마다 수토사를 파견하였으니 100명 가까운 수토사들이 울릉도와 독도를 순찰하며 지켜왔다. 수토사들은 울릉도에 입도한 왜인들에게 월경죄를 적용했으며, 일본도 이를 인정하였다. 이것만 보아도 그들의 독도 영유권 주장이 얼마나 거짓인가를 알 수 있다.

그런데 2015년 일본에서 《메치가 있던 섬》이라는 어린이 책이 출판되었다. 초등학교 교사인 스기하라 유미코 작가는 오키 섬 쿠미항 출신으로 어릴 때 그곳 어부들이 독도에 가서 강치를 잡아왔다는 이야기를 적고 있다. 그곳에서 강치를 나무상자에 잡아와서 송아지의 10배 가격으로 팔았으며, 전복과 해초를 채취해서 큰 돈을 벌었다고 한다. 그렇기 때문에 다케시마는 일본 고유의 영토라고 주장하고 있다. 또 뒤에 가서는 그렇게 풍족하고 은혜로운 섬 다케시마에 가까이 가는 것조차 할 수 없게 되었다, 그래서 다케시마 쪽을 바라보면서 고기잡이할 수 있는 날이 오기를 기다리고 있다고 하면서 주먹을 불끈 쥔 사람들을 그려놓기도 했다.

그런데 문제는 이 작가가 일본의 초등학교를 순회하면서 이 이야기를 들려주고 있다는 것이다. 일본은 집요하게 어린이들에게 다케시마는 일본 고유의 영토인데 한국이 불법 점거하고 있다는 교육을 하고 있다. 그렇게 듣고 자란 일본 어린이들은 한국을 어떻게 생각할까? 아마도 분명히 싸워야 할 대상으로 보게 될 것이다.

어린이들이 읽는 책은 다분히 교육적이어야 한다. 그렇다면 《메치가 있던 섬》은 무엇을 교육하고 있는가. 바로 거짓을 교육하고 있으며, 증오를 가르치며, 이웃 나라에 대한 침탈을 조장하고 있는 게 분명하다.

그 책에서도 어느 정도 나타나지만 일본이 독도를 마음대로 드나든 것은 일제강점기인 1905년 이후이다. 즉 침략의 시기였다. 그때 독도에는 5만 마리에 가까운 강치가 살고 있었다. 탐욕에 눈이 먼 그들은 돈벌이를 위해 독도를 자기들 마음대로 시마네 현에 편입시키고 강치를 잡기 시작했다. 얼마나 많이 잡았는지 독도 주변 바다가 강치의 피로 붉게 물들었다고 한다. 생명체에 대한 잔인한 학살로 불과 7년 만에 독도의 강치는 멸종의 길로 들어섰다. 침략적이고 반생명적인 행위는 덮어둔 채 마치 자기네들이 피해자인 것처럼 어린이들에게 적개심을 부추기고 있다.

이런 일본의 도발을 무력화시킬 수 있는 논리적인 근거 중 하나가 바로 수토사 활동 자료이며 대풍헌이다. 또 꼭 짚어야 할 것은 수토사 활동 경비가 오롯이 울진 해안에서 살았던 사람 몫이었다는 점이다. 백성들의 피와 땀으로 우리 바다와 땅을 지켰다는 기록을 볼 수 있다.

조상들의 국토수호정신을 바탕으로 우리 모두 수토사가 되지 않는다면 강치 다음으로 또 다른 생명이 우리 땅에서 사라질 수도 있으니 그게 걱정이다.

따뜻하고 고운 이름, 애린

지난 가을 지방 작은 도시인 우리 포항에도 문화상이 생겼다. 지자체나 기업의 고압적인 명칭이 아닌 봄볕처럼 곱고 따뜻한 '애린'이라는 이름도 좋았다. 더욱이 제1회 수상자로 결정된 손춘익, 박이득 두 분은 나의 문학과 삶에 많은 가르침을 준 멘토였다. 그래서 마치 내가 상을 받는 것처럼 설레었고, 시상식장으로 향하는 발걸음이 무척 가벼웠다.

수상자 가족들과 함께 가기 위해 주차장에서 기다리는데 '문화상 이름이 왜, 애린일까?'라는 생각이 들었다. '애린' '애린여기' '이웃을 내 몸과 같이 사랑하는 일' '안타깝게 여김' 등등의 의미를 새겨 보다가 문득 수상자 중의 한 분인 손춘익 선생이 돌아가시기 전에 나와 나눈 이야기 한 토막이 생각났다.

봄빛이 유난히 눈부신 4월, 신록을 보러 오어사로 가는 길이었다. 그렇게 등산을 좋아하고 걷기를 즐기던 분이었는데 그즈음에는 걸음을 빨리 옮기지 못할 만큼 몸이 좋지 않았다. 비탈을 조금만 올라도 숨이 차오르곤 했다. 가다가 쉬고, 쉬었다가 가기를 반복하였다. 혈압이 엄청 높다고 하셨다. 의사가 폭탄을 안고 사는 것과 같다며 조심, 또 조심하라고 했다는 말도 전해 주셨다. 천천히 절을 돌아보며 내가 여쭈었다.

"선생님! 선생님의 문학을 꿰뚫는 정신은 무엇입니까?"

그러자 힐끗 나를 쳐다본 선생님은 잠깐 뜸을 들이다가 이렇게 말씀하셨다.

"생명에 대한 연민이지."

선생님은 생명에 대한 연민을 자신의 문학 정신이라고 고백하셨다. 동화라는 그릇에 담은 것은 포항의 하늘과 땅과 바다와 바람 속에 깃들어 있던 생명들이었으며, 그들을 바라본 선생님의 애련과 연민의 눈길이 작품마다 아릿하게 스며있다는 얘기였다.

그날 내 질문이 어떤 의미로 당신에게 다가갔는지는 모르겠는데 그 며칠 뒤에 만났더니 불쑥 연보를 정리해 보았다고 하면서 세 부를 작성하셔서 한 부는 하재영에게, 한 부는 정차준에게, 한 부는 당신이 보관하겠다고 하셨다. 그래서 '제게도 한 부 주시지요.'라고 말씀드렸더니 '너는 줘도 잘 보관을 하지 않잖아. 나중에라도 필요하면 두 사람에게 복사해 달라고 해.' 라고 하셨다.

그때 선생님이 연보를 만들어 두지 않으셨다면 돌아가신 뒤에 남은 사람들이 몹시 당황스러웠을 것이라는 것을 나중에서야 깨달았다.

뭇 목숨을 불쌍하고 가련하게 여기는 마음, 연민은 애린의 또 다른 표현일 수도 있겠다는 생각이 들었다. 그래서 손춘익 선생님은 애린문화상 1회 수상자로 참으로 잘 어울린다는 결론에 도달했다.

시상식장에 들어서면서 식장 앞에 걸린 걸개를 보다가 학창시절 등하굣길에서 유난히도 많았던 '애린, 선린'이라는 간판이 떠올랐다. 틀림없이 그런 정신을 가진 누군가가 그 정신을 실현하고자 애쓴 흔적이 아닐까 하는 생각과 함께 그분이 과연 어떤 사람일까 하는 호기심이 일기도 했다.

식이 시작되면서 애린문화상을 제정한 애린복지재단 이사장의 인사말이 시작되었다.

"우리 지역에서 '애린'과 '선린'이라는 말을 제 선친이 가장 먼저 사용하셨습니다."

청소년 시절부터 품어왔던 내 질문과 호기심을 알고 있었던 것처럼 그런 대답을 들려주었다. 이어서 그는 지금까지 애린복지재단을 설립하여 운영한 것과 이번에 애린문화상을 제정하게 된 속내를 털어놓기 시작했다.

전쟁 고아 육영과 한센병 환자 자립 활동, 문맹퇴치 운동 지역문화 발전에 헌신한 선친의 유지를 받들기 위하여 1998년 애린복지재단을 세워 도움이 필요한 이웃들에게 지원을 해오다가 그동안 미루어 왔던 지역 문화 예술인을 위한 애린문화상을 제정하여 시상하게 되었다고 하였다.

그는 '애린과 선린의 정신'을 평생 동안 실천한 선친의 뜻을 잇기 위해서 많은 재산을 복지재단에 넣고 어려운 이웃을 돕고, 지역 문화발전에 힘을 기울이겠다고 다짐했다. 어릴 때 집에는 항상 가난하고 외로운 사람들이 들끓었다고 했다. 심지어는 학교를 마치고 집에 돌아오면 한센병 환자들이 찾아와 안방을 차지한 적도 있었다고 했다. 아버지인 재생 이명석 선생은 그들의 손을 잡고 기도했으며, 고아들은 수시로 집안을 휘젓고 다녔다고도 했다.

그의 선친은 해방과 한국전쟁이라는 역사의 수난기 속에서 고아원 운영, 나환자 자활촌 운영, 문맹퇴치 운동, 도서관 운동, 지역 문화원 설립을 주도했다. 뿐만 아니라 이번 수상자 두 사람을 비롯한 지역의 젊은 문화예술인들에게 예술의 진정성을 깨우쳐 주기도 했다.

선친의 그러한 활동들이 어릴 때는 도무지 이해할 수 없는 기행처럼 느껴졌다고 했다. 그러나 자신이 아버지 나이가 되면서 아버지의 선린과 애린의 정신을 이해했으며 그 뜻을 이어가게 되었다고 했다.

그는 마지막에 이렇게 말했다. '아버지의 유지를 받들어 갈 수 있게 잠깐이나마 저에게 작은 재물을 맡겨 주신 하나님께 감사드립니다.'

그 말 한마디는 모인 사람들을 숙연하게 만들었다. 나도 모르게 작은 소리로 중얼거렸다. '모든 생명에 대한 연민!'. 손춘익 동화의 정신은 바로 그 스승의 가르침에 뿌리를 두고 있는 것임을 비로소 알게 되었다.

인간은 여린 풀이나 아침 이슬처럼 유한하다지만 한 사람의 뜻이 선대에서 후대로 이어지고, 그 정신이 선학에서 후학으로 전해져 꽃을 피워가는 일이야말로 인간이 가질 수 있는 영원성이 아닐까.

배추 파동

팔순의 어머니가 운동 삼아 작은 밭에다 채소를 가꾸신다. 경로당을 마다하고 이른 봄부터 흙을 분가루처럼 만지고, 이랑을 만들고, 씨를 뿌려 채소를 가꾼다. 한 가지 채소만 가꾸는 건 재미가 없다며 갖가지 채소를 계절 따라 달리 심기 때문에 어머니의 밭은 마치 꽃 잔디를 보는 것 같다. 밭자락에서 사시다시피 하면서 보듬고, 다듬어서 키워내는 것 자체를 큰 기쁨으로 여긴다. 다 자라면 자식들에게도 나누어 주고 이웃과 나눠 먹을 생각에 밭일하는 게 전혀 힘들게 느껴지지 않는단다.

그런데 지난 주말에 시골집에 들렀더니 어머니가 침침한 방안에 누워 계셨다. 어디 편찮으신가 싶었는데 그게 아니었다. 정성 들여 키운 채소들을 누군가가 가져갔다고 했다. 도둑을 맞은 것이다. 밭둑에 심어놓은 대추가 익었기에 광주리를 들고 따러 갔더니 그것마저도 감쪽같이 털어가 버렸다며 끙끙 앓고 계셨다. 돈으로 치면 얼마 되지 않겠지만 어머니의 입장에서는 이른 봄부터 뜨거운 여름까지 들인 시간과 노력을 다 잃어 버렸으며, 이웃과 자식들에게 나눠주면서 가슴 가득히 얻으려던 행복까지 도둑맞았으니 큰 병이 나지 않을 도리가 없었을 것이다.

배추 세 포기를 사려고 늘어선 줄이 400미터였으며, 네 시간을 기다려 겨우 한 망을 살 수 있었다는 뉴스가 며칠간 이어지고 있다. 그야말로 전국이 배추 파동으로 몸살을 앓고 있다. 소비자는 배추를 구하지 못하여 아우성이고, 농민들은 헐값에 밭떼기로 팔아넘긴 게 분하여 가슴앓이를 하고 있다.

농산물 값이 다락같이 오르자 농촌에는 도둑이 극성이란다. 속을 채워가던 배추가 사라지고, 널어놓은 마늘을 통째로 걷어가고, 말리던 고추가 밤사이에 사라지는 일도 있단다. 인심 좋던 우리 농촌 마을에서 노인들이 낯선 사람을 향해 경계의 눈길을 보내야만 하는 현실이 너무나 무섭다.

가끔 길가 논밭에 서 있는 무서운 표지판을 볼 때가 있다. '독성이 강한 농약을 뿌렸음' 채소에 손을 대지 말라는 말임을 알 수가 있다. 물론 그 말에는 지나친 면이 없잖아 있지만 채소밭 주인은 그냥 한 끼를 먹기 위하여 상추 몇 잎, 풋고추 몇 개를 가져가는 사람을 향해 그 팻말을 세우지는 않았을 것이다.

농산물은 훔쳐 갈 물건이 아니라는 생각이 든다. 정성과 시간이 담겨 있으며, 햇살과 바람과 비와 이슬이 함께 키운 귀한 생명이기 때문이다.

봄날, 하늘을 본다

새봄이다.

봄은 노고지리처럼 재재거리는 아이들의 어깨 위에 가장 먼저 내린다던가? 죽은 듯이 움츠려 있던 나무 등걸에도, 뭇사람들이 밟고 지나간 보도블럭 틈에도 노란 민들레 같은 봄은 어김없이 다가와 생명을 일깨운다.

오후에 잠깐 짬을 내어 파릇파릇 냉이가 돋는 까꾸리개로 길을 나섰다. 산책삼아 늘 다니던 길이었지만 바람이 주는 느낌이 어제 다르고 오늘 다르다. 밭자락마다 풋내가 가득하다. 겨울 동안 얼어붙었던 땅, 그 죽음의 자락에다 누가 이 생명들을 내려놓은 것일까? 새봄이다. 봄은 이렇듯 우리에게 생명의 경이로움을 일깨워 준다.

작은 학교에 있을 때, 학교 도서관을 꾸민 적이 있다. 그때 도서관 이름을 아이들과 의논하다가 한 아이가 '봄봄 도서관'으로 하자는 의견을 냈는데 느낌이 좋았다. 책을 본다는 의미도 있고, 봄이라는 따뜻함과 '봄봄'이라는 소리가 주는 리듬감도 좋았다. 아이들의 의견에 따라 결정을 한 뒤에 봄에 대한 의미를 좀 더 자세히 알아보고 싶어서 여러 가지 자료를 뒤적여 보았다.

봄이라는 말은 불(火)의 옛말 '블'과 오다(來)의 명사형인 '옴'을 조합한 '블+옴'에서 'ㄹ' 받침이 떨어져 나간 것이라고 했다. 즉 봄은 불이 주는 긍정적 이미지인 밝고 따뜻한 기운이 다가온다는 뜻이란다.

이와는 다르게 해석하는 사람들도 있었다. 봄을 보다(見)의 명사형인 '봄'을 그 어원으로 보는 견해이다. 그러면 무엇을 본다는 말인가. 얼어붙었던 땅이 녹고 나면 봄이 내린 들과 뫼에서는 가녀린 가지마다 새 움이 트게 된다. 새싹, 그 용솟음치는 생명의 힘은 굳은 땅덩이와 딱딱한 껍질을 밀치면서 하늘로 향한다. 잠들었던 그 어떤 미물도 내부에서 꿈틀거리는 생명의 기운을 거부하지 못한다. 그래서 새봄이란 위대한 섭리로 펼쳐지는 밝고, 따뜻하고, 조화롭게 소생하는 생명의 모습을 '새로 본다'는 뜻으로 해석한다고 했다.

우리에게는 한 해에 엇비슷한 기간의 계절 넷을 갖고 있다. 그러나 봄과는 달리 새여름, 새가을, 새겨울이라는 말로 각각의 계절을 부르지는 않는다. 넌지시 한번 불러보면 그 말들이 주는 말맛이 영 억지스럽고 어색하기 짝이 없다. 그러나 봄만은 해마다 아주 자연스럽게 새봄으로 불리어진다. 또 그렇게 불러보면 달래, 냉이나 씀바귀 향을 곁들인 말맛이 난다. 봄이라는 말속에는 우리가 모르는 자연의 신비한 정신이 가득히 담겨져 있기 때문은 아닐까. 어쩌면 봄이라는 말 속에는 대자연이 보여주는 생명과 우주의 변화를 새롭게 느껴보라는 메시지가 담겨 있는지도 모를 일이다.

봄은 이처럼 우리에게 생명의 존귀함을 가르쳐 준다. 아울러 우리들에게도 새롭게 변화하기를 재촉하고 있다. 그러나 게으른 나는 계절의 변화를 제대로 읽고 따라가지 못한 채 미적거리기만 한다.

어느덧 나의 산책길은 호미곶 바다를 벗어나서 고금산 자락으로 이어지고 있다. 남쪽 산자락에 핀 산수유가 눈부시다. 계곡의 오리나무 새순이 곧 터질 것처럼 부풀어 있다. 소나무도 검은 옷을 벗고 빛나는 연둣빛을 더하고 있다. 그러고 보니 한참 동안 산을 찾지 않았던 것 같다. 군부대에서 설치해둔 철조망도 그렇지만 개를 키우는 집이 중간에 있어서 그 녀석들이

막무가내로 짖어대는 소리 때문이었다. 그러나 오늘은 봄빛이 그런 방해물까지 덮어주었다.

하루 종일 하늘을 한 번도 올려다보지 않고 살아가는 사람이 태반이란다. 요즘 아이들에게서 근시가 많은 이유가 텔레비전을 많이 본 탓이 아니라 하늘을 바라보지 않은 탓이라고 한다. 회색빛 도시 공간에 갇혀서 눈앞에 있는 작은 이익을 챙기느라 허덕대고 있는 게 우리네 모습이다. 어릴 때부터 멀리 보는 것을 배우지 못한 탓이다.

오랜만에 고금산 봉우리 소나무 끝에 닿은 하늘을 올려다본다. 어느새 다가온 새 봄, 그 생명의 기운을 온 몸으로 느껴본다.

그래, 새봄이다.

새싹과 눈 맞추기

출근길에 산과 들, 그 품에 안긴 풀과 나무를 만날 수 있다는 것은 커다란 행운임에 틀림없다. 서리가 하얗게 내린 마을 길을 벗어나자마자 시리도록 파란 보리 싹이 눈에 들어왔다. 늘 그 자리에 있었건만 차가운 서리 덕분에 가엾은 마음이 먼저 보리 싹에 가닿은 모양이었다.

걸음을 멈추고 보리 싹을 들여다보았다. 아직 겨울의 옷을 껴입은 채 웅크리고 있는 현실에서 생명의 손짓을 보여주는 그 모습이 참으로 경이로웠다. 아직은 겨울이라고 머뭇거리는 사람들에게, 자연의 순리를 거스를 수 있다는 인간의 오만함 앞에 자연은 거대한 질서를 가만히 보여주고 있는 것이다.

앞으로 인간의 삶은 완전히 새로운 모습일 거라고 말한다.

로봇의 지배를 받을 거라는 이야기도 있고, 유전자 조작에 의하여 상상을 뛰어넘는 일들이 현실로 나타날 거라고도 한다. 이런 과학적인 성과와는 다르게 우려의 목소리 또한 높은 게 사실이다.

우려 중 하나가 미래를 살아갈 청소년에게서 인간적인 면이 점점 줄어들고 있다는 점이다. 밀폐된 교실에서 교과서와 시험지만 붙들고 있는 아이들에게 폭넓은 인간을 기대할 수는 없다.

예전에는 태어난 고장의 산천이 하나의 거대한 가르침이었다. 뒷산을 오르고, 앞개울을 건너고, 들판을 내달리며 청소년들은 그 산천을 닮아갔다. 그래서 태어난 곳에 따라 말씨와 성격과 입맛이 달랐다. 사람은 곧 그가 태어나서 살아가는 자연의 일부이기에 건강하고 행복했다.

그러나 오늘날 우리 청소년들은 자연과 전혀 상관이 없는 삶의 모습을 보이고 있는 것 같다. 가정과 학교 환경은 물론이고 독극물과 같은 불량서적이나 인터넷 음란 사이트가 청소년들을 에워싸고 있다. 기본적인 인간의 자세, 선악의 판단, 사물을 바라보는 눈, 가치관을 만들어가는 시기가 청소년기이다. 그런데 이런 중요한 시기에 욕망이나 부추기는 각종 매체에 노출된다면 그들의 영혼과 삶은 피폐해질 수밖에 없다. 인터넷

상에는 수없이 많은 엽기 사이트와 성인 전용 사이트가 청소년의 호기심을 자극하고 있다. 인터넷 사용 시간으로 따졌을 때, 우리나라가 인터넷 최선진국이라고 한다. 그러나 안을 들여다보면 음란물이 절반을 넘고 있다. 말만 선진국이지 내용은 부실하기 짝이 없는 그야말로 허깨비 장단에 놀아나고 있는 꼴이니 안타깝다. 거짓과 퇴폐의 환상 속을 헤매고 있는 게 아닌가 걱정이 된다. 폐쇄되고, 그늘진 환경은 가슴이 차고, 생각이 좁고, 꿈이 빈곤한 청소년을 양산할 수밖에 없다.

인간성 상실을 해결할 방법은 자연을 되찾아주는 길밖에 없다. 우리나라는 복 받은 터에 자리를 잡았다. 산, 강, 바다, 들. 모든 것을 갖추고 있다. 나의 출근길처럼 우리 청소년들이 사는 세상도 마을이나 도심을 벗어나면 바로 자연이 기다리고 있다. 조금만 눈을 들면 산이 기다리고 있다.

고개를 들어 하늘을 본다. 하늘 끝에 바다가 맞닿아 있다. 이제 곧 봄빛이 하늘 가득히 내릴 것이다. 사람살이에도 봄기운이 보리 싹처럼 돋아날 것이다. 그야말로 자연을 익히고 자연을 닮을 수 있는 계절이다. 우리 아이들을 자연 속으로 보내주어야 한다. 높은 하늘을 품고, 그 끝과 맞닿은 우리의 바다를 달리게 해야 한다.

좁은 곳에서 눈앞에 나타나는 결과만 보고 자라면 결코 큰 생각을 할 수가 없다. 아이들에게 큰 하늘과 넓은 바다와 들녘과 내 곁에 사람이 있다는 것을 느끼게 해야 한다. 그것이 곧 우리들이 배워 가야 할 큰 스승임을 가르쳐야 한다.

가슴 시린 서리를 뚫고 봄을 준비하는 보리 싹과 다시 눈을 맞추어 본다.

눈부신 생명의 몸짓을 본다.

자연과 함께 놀기

　시골 생활의 재미 중 하나는 텃밭에 직접 채소를 가꾸는 일이다.

　포항에서 가장 오지인 죽장에서 산 적이 있었다. 그 때 다른 선생님들을 따라 덩달아 학교 실습지 구석을 얻어서는 이랑을 만들고 상추, 쑥갓, 고추를 심어 보았다. 이른 봄에 심은 것은 그런대로 채소 모양이 되었지만 좀 늦게 씨를 심은 것은 떡잎이 나오기 무섭게 벌레가 달려들었다. 벌레도 벌레지만 채소에 덤비는 병도 호락호락한 게 아니었다. 어느 정도 자라서 밥상에 올릴 만하다고 느낄 무렵에 이파리들이 물러터지고 비틀리고 하얗게 떡잎을 만들었다. 이웃에게 물어보니까 땅 힘이 부족하기 때문이라고 했다. 우선 많은 수확을 올리기 위하여 농약을 치고, 비료를 쏟아 붓는 사이에 땅은 쇠약해지고, 병과 벌레의 힘만 키우고 말았다. 자연과 함께 가려는 생각은 않고 눈앞에 당장 드러나는 이익에만 매달렸던 죗값을 톡톡히 치르고 있는 셈이었다. 그 이후에 시장에 나온 채소들이 달리 보였던 게 사실이다.

어릴 때 시골에서 자랐으며, 부모님이 농사를 지었지만 농사일을 열심히 도왔거나 부모님이 거두어들인 채소나 곡식에 대하여 관심 있게 들여다본 기억이 없다. 또 부모님들은 그때 농산물을 가족이 먹거나 이웃과 친척들과 나누었지 달리 장에 내다 팔기 위해 재배하지는 않았다. 그 미련 때문일까. 채소를 직접 가꾸고 싶었다. 그래서 내 힘에 알맞은 작은 텃밭을 살펴보게 되었다. 다행히 퇴직을 앞둔 마지막 학교에서 인연이 닿아 손바닥만 한 밭을 마련하였다.

아이들과 갖는 마지막 여름방학 과제로 예년과 마찬가지로 '자연과 친해지기'를 냈다. 부모님을 따라 배를 타고 바다로 나가보라고 했다. 부모님이 밭에 갈 때는 함께 가서 흙도 만져보고 우리 밭에는 어떤 작물이 자라는지 이랑 사이를 다녀보라고 했다. 축사에서 소나 염소의 먹이도 주고 그 녀석들 등도 만져보라고 했다. 그러다가 시간이 나면 산에 오르고 들을 돌아다니며 우리 마을 주변에는 어떤 동식물들이 우리와 함께 살아가고 있는지, 이름은 무엇인지, 어떤 얼굴을 하고 있는지, 무엇을 좋아하는지도 알아보라고 권했다. 올해는 나도 자연과 놀면서 친해지는 여름방학을 만들겠다고 힘주어 말했다. 텃밭에서 아주 살 작정이었다.

부모님들에게도 가정통신문을 통해 자녀들이 자연과 함께 즐기며 친해질 수 있는 기회를 만들어 주라는 부탁을 하였다.

자연은 아이들을 아이답게 키우는 넉넉한 품이라고 생각해 왔기 때문이다. 어디 그뿐인가 자연은 탐욕으로 꼬여 있는 인간관계를 개선시켜 주기도 한다. 함께 작은 배에 앉은 가족을 생각해 보자. 함께 밭이랑에 앉은 가족은 또 어떠한가. 고깃배에서, 밭에서, 축사에서 가족들은 이야기를 나누기 마련이다. 모처럼 따라나선 자녀들을 보면서 부모들은 자녀의 모습이 새삼스러울 것이다. 어쩌면 그동안 무심코 지나쳤던 그들의 다른 모습을 발견할지도 모른다. 역시 자녀들도 부모의 일자리에서 부모의 참다운 모습을 보게 될지도 모른다. 그야말로 가족 간의 대화의 문이 활짝 열릴 것이다. 자연 속에서 만나는 가족, 그 속에서 우리 아이들은 엄청난 삶을 배우고 깨달을 것이다. 어떤 가르침도 자연의 그 넓은 품에 비길 수 있을까. 일 년에 한 차례쯤은 자연과 놀면서 친해지는 시간이 우리 모두에게는 꼭 필요하다고 생각했다.

이런 부탁을 하면 부모들은 '우리 아이는 자연을 참 좋아해요.'라고 대답한다. 그래서 등산도 하고, 캠핑도 다닌다고 말한다. 다행스러운 일이다. 호미곶 주변에도 바다가 보이는 곳에는 팬션, 오토캠핑장이 들어서고 주말이면 사람들로 붐빈다. 지난여름에도 불볕더위를 피하여 100만 명이 넘는 사람이 동해안에 모였다고 한다.

그런데 그 가족 행사를 통해 뭘 보고 듣고 느꼈는지 꼭 집어 말하는 아이를 보지 못하였다. 그냥 놀고, 먹고, 즐기다 온 꼴이었다. 우리의 하늘이, 산천이 어떤 모습이며, 그 속에서 살아가는 생명들이 무엇을 이야기하고 있는가를 알지 못하였다. 우리의 산천에서 살아가는 생명의 존재를 인식하지 못하는 사람은 자연을 사랑하고, 환경을 제대로 챙기기는 어려울 것이다.

곰곰이 따져보면 우리가 자연을 찾는 이유는 오직 자신만을 위한 지극히 이기적인 행위에 불과하였다. 등산을 통해 건강을 유지하거나 더위를 피하거나 휴식을 얻겠다는 생각에서 출발한다. 그러므로 자연이 망가지거나 병이 드는 일에는 크게 관심을 두지 않는다. 피서지에서 마구 쓰레기를 버리는 일, 물과 공기를 슬그머니 오염시키는 원인도 여기에 있다.

어디 그 뿐인가. 인구 50만이 넘는 도시, 포항에 화력발전소를 건설한다는데 찬성의 목소리가 높다. 먼지와 대기 오염은 뒷전이고 발전이라는 말만이 도시를 가득 채운다. 반대 목소리를 냈다가는 도시에서 쫓겨날 것만 같다. 언제까지 한쪽 방향으로만 사람들을 몰아가려는지 끝이 보이지 않는다. 진정으로 우리의 생명을 살리는 길은 환경을 지키는 일임을 정말 모르는 것일까. 답답하기만 하다.

우리는 산과 들, 강과 바다 없이는 존재할 수가 없다. 작은 동식물도 중요한 우리 삶의 동반자이다. 그러므로 우리 아이들은 온몸으로 자연을 느끼고, 친해지고, 함께 즐겨야 한다. 아이들에게 그들이 왜, 그곳에, 그런 모습으로 존재하는지를 이야기해 주어야 한다. 건강한 자연의 존재가 얼마나 아름답고 소중한지도 일찍부터 체험시켜야 한다.

그런데 많은 아이들은 이미 자연과 한참이나 멀어져 있다. 그만큼 우리 아이들이 인간의 참모습을 잃어가고 있다면 지나친 표현일까? 도시의 학교 중에 나무가 우거진 학교는 몇이나 될까. 풀풀 날리는 흙먼지와 시멘트 바닥, 깡마른 교정은 말하기조차도 부끄럽다. 그래서 여름방학에는 자연과 놀면서 친해지는 시간으로 보낼 필요가 있다.

풋내 나는 들녘, 나무들이 키를 재는 산, 비린내가 온몸을 감싸는 바다, 우리 땅, 흙의 따스함과 함께 하는 일은 우리 아이들에게 꼭 필요한 교육이다.

조금만 낯설게

선거에서 느꼈던 우리 정치 문화에 대한 실망스러움을 우리 월드컵 대표 선수들이 홀홀 털어 주었다.

우리는 지금까지 우리 축구가 유럽팀과 비교하여 기술에서는 떨어지고 체력과 투지는 앞선다는 생각을 해 왔다. 그러나 외국인 감독은 그 반대의 분석을 내놓고 처방에 나선 결과 세계는 물론 우리 스스로를 놀라게 했다. 결과적으로 우리는 우리 축구가 기술에서 떨어진다는 생각, 투지에서 앞선다는 생각에 갇혀 있었던 것이다.

삶 속에서 우리는 고착화된 생각이나 일상에 갇혀 있는 경우가 많다. 일이 잘 풀리지 않을 때 생각을 조금만 낯설게 혹은 뒤집어 보면 의외로 무릎을 칠 때가 있다.

삶이라는 긴 시간 속에서 한 번쯤 익숙한 것들과의 결별을 시도해 보는 것은 어떨까? 생각만이라도 그렇게 해보는 순간 아마도 묘한 생각에 사로잡힐 것이다 가족들의 생계를 꾸려야 하는 일 때문에 평소에는 그렇게 하지 못하더라도 휴가를 통해 생활의 전부였던 일상을 뒤집어 보거나 조금은 낯설게 보는 것은 어떨까. 어쩌면 신선한 충격으로 다가올지도 모른다. 마음껏 게으름을 부려보고, 일에 놓여난 만큼 푹 쉬어보고, '빨리 빨리'가 아닌 '천천히 느긋하게' 풍요로움과 화려함을 팽개쳐 버리고 소박함을 좇아보고, 자가용도 세워 놓고, 말도 하지 말고, 텔레비전도 꺼버리고, 비논리적으로 생각하는 등 다양한 일탈을 해보는 것이다.

그동안 우리는 한 방향을 향해 앞으로만 달려왔다. 싸워 이겨야 되고, 논리적이어야 되고, 명분이 분명해야 되는 삶을 스스로에게 요구해 왔다. 미국에서 자동차 진입의 우선순위가 앰뷸런스, 소방차 순이라면 우리나라는 우선순위 1번이 내 차라는 식으로 살아온 게 사실이다. 그게 부정할 수 없는 솔직한 우리의 모습이었다.

우리에게 익숙한 것들은 무엇일까? 우리 주위를 맴돌며 윙윙거리는 고정관념들은 과연 무엇일까? '성취감, 속도감, 요란함, 충실함, 발전, 출세, 승진, 치밀한 계획과 논리 정연함. 앞만 보게 만드는 부추김. 이런 언어와 생각을 가져야 하고, 이런 직장인이 되어야 한다.'라는 허상 속에 스스로를 구겨 넣으며 살았는지도 모른다. 이런 것이 최고의 삶이라고 스스로를 설득하며 살고 있는 건 아닌지.

그동안 우리는 '소박하고, 느리고, 어눌하고, 어설프고, 느슨하고. 측은함이나 안타까운' 것을 가치 없는 것들로 생각하지나 않았는지. 때로는 억세게 가난했던 고향이 그립고 푸근해지듯이 이런 언어들도 그리워질 때가 있어야 한다. 한 발 물러서서 곰곰이 생각하면 그런 생각을 가질 때가 가장 인간적인 나의 모습임을 깨닫게 된다.

기록을 깨기 위하여 쏜살같이 달리거나 자동차를 전속력으로 몰고 갈 때는 아무것도 볼 수가 없다. 오로지 목적지의 작은 지점만 보일 뿐이다. 그러나 한눈을 팔면서 천천히 걷거나 슬근슬근 자전거를 타고 간다면 다가오는 많은 것을 보며 또 느끼며 생각할 수 있을 것이다. 어쩌면 자신도 모르게 휘파람도 불게 될지도 모른다. 어느 날 문득 이런 생각들이 나를 흔들었다. 그래서 내비게이션을 차에서 떼버렸다. 달리는 차 안에서 다른 음악이나 주변을 살피지도 못하고 기계음에 매달려 운전하는 게 슬그머니 짜증이 났다. 또 휴대전화의 문자나 카톡도 애써 사용하지 않으려고 하였다. 그래도 불편하지 않았다. 그러나 문제는 다른 사람들이 불편하다고 아우성을 치는 바람에 휴대전화는 어느 정도까지 이용하고 있지만 내가 나서서 상대를 가리지 않은 채 글을 보내는 일만큼은 피하고 있다.

여름이다. 이번 휴가에는 나를 둘러싸고 있는 정상적이고 논리적인 틀을 깨뜨리고, 조금은 낯설게, 일상의 건너편으로 가서 우리 자신의 인간적인 모습을 바라보는 것은 어떨까? 참으로 재미있고 신선할 것이다.

철새, 길을 잃다

영화 〈2012년〉을 보았다. 마야인들의 달력이 2012년에 끝나있는 것에서 영감을 얻어 만든 영화이다. 마야인들은 2012년을 세상의 종말로 계산했다. 영화는 지구 종말에 대비하여 최소한의 지구인들이 살아남기 위해 거대한 방주를 제작하게 되는데 방주에 타는 사람은 종말에 대한 정보를 미리 갖고 있던 정치권력과 방주 제작에 투자한 재력집단이었다. 두 집단은 그들만이 알고 있는 정보로 자기네만 살아남을 궁리를 하였던 것이다. 새로운 인류의 시작은 그렇게 부도덕하고 탐욕에 가득 찬 인간일 거라는 가정에서 이야기는 시작되었다.

영화를 보는 내내 소름이 돋은 것은 두 가지 사실 때문이었다. 하나는 고급 정보는 국민 모두의 것이 아니라 정치권력과 부유층을 위한 것. 다른 하나는 인류 멸망 원인은 인간이 자초한 자연 재해라는 것이었다.

미래에 있을 인류의 멸망도 결국은 인간의 탐욕이 만든 생태계 파괴라는 사실은 벌써 지구 곳곳에서 증명되고 있다.

호주, 미국, 영국 생태학자들로 구성된 연구팀에 따르면 철새가 길을 잃고 있다고 한다. 조사 대상 철새 1천451종 가운데 91%에 해당하는 1천324종이 이동에 차질을 빚고 있었다. 철새가 길을 잃는다는 것은 곧 그 집단의 죽음을 의미한다. 철새가 사라진 다음은 누구일까. 철새들의 이동을 위협하는 주요 원인은 바로 인간에 의한 무분별한 개발이었다.

1억5000만 년 동안 식물의 수정을 도운 꿀벌이 사라지고 있다. 벌의 개체 수가 1980년대에 비해 절반 수준으로 떨어졌다. 그 속도는 점점 빨라져서 2007년 이후 매년 겨울마다 미국에서만 꿀벌 떼가 평균 30% 폐사하였으며, 2012년 겨울 캐나다에선 29%나 줄었다. 유럽에서는 20%가 사라졌다. 아인슈타인은 꿀벌이 멸종되면 4년 안에 인간이 지구상에서 사라질 것이라고 했다. 인간이 스스로의 생존기간을 단축시키고 있는 셈이다.

정기국회가 끝나자 지역 국회의원이 시내 곳곳에 현수막을 붙였다. 예산 확보 능력을 과시하는 내용의 문구들을 보면서 우리 국가 예산 편성이 아직도 후진성을 면치 못하고 있다는 현실에 서글픈 생각이 들었다. 아울러 유권자를 마치 젖내 나는 어린애 취급하는 것만 같아서 씁쓸하다.

'영일만대교 건설 국비 확보', 영일만대교가 포항의 미래를 열어주는 도깨비 방망이가 된 분위기다. 냉철해질 필요가 있다. 영일만을 가로지르는 다리가 놓였을 때. 나타날 문제점은 없는가. 영일만의 환경에는 전혀 영향을 미치지 않을 것인가. 지나가는 길목 역할만 할 뿐, 사람들을 포항에 머물게 하기에는 오히려 불리한 환경이 되지는 않을까. 1조가 넘는 비용이 들어가는 건설이 과연 미래 세대를 위한 작업인지 눈앞의 인기에 영합한 것인지도 터놓고 이야기를 나눠야 한다.

한번 망가진 생태계를 복원하는 일은 사실상 불가능에 가깝다. 이제는 경제학자, 미래학자, 생태환경 전문가들이 나서서 신뢰도가 높은 정보를 시민들에게 자세히 알리고 함께 고민해야 한다. 포항 경제가 망가진 지난 시간 동안 그 정보를 시민들은 까맣게 몰랐다. 흉흉한 소문에 매달려 있던 그런 실수를 이제는 하지 말아야 한다.

마야인들은 오늘날 인간의 탐욕스러운 자연 파괴와 그에 따른 인류 멸망을 미리 알았던 것일까? 그들은 뛰어난 천문과학과 건축기술을 갖고 있었지만 끝내 석기시대의 삶을 버리지 않았던 이유가 바로 그것이 아닐까.

많은 철새들이 길을 잃었다.

우리는 지금 제대로 길을 찾아가고 있는가. 한 번쯤 숨을
고를 때이다.

제대로 된 반란

아들 부부가 동시에 출장이라며 조심스럽게 손자를 부탁해 왔다. 아침에 어린이집에 데려다주었다가 저녁 무렵에 데려와서 함께 지내면 된다고 하였다. 우리 부부는 기꺼이 허락을 하였다. 손자를 독차지할 수 있는 기회이기도 했지만 아들과 며느리를 도울 수 있다는 것도 좋았다. 며느리는 우리와 아이가 먹을 음식은 물론 집안 살림살이 활용 방법 등을 일일이 메모해 두었다. 아이를 맡긴 며느리의 미안해하는 마음이 듬뿍 담겨 있었다.

손자를 어린이집에 맡기고 아파트에 우두커니 앉아 있으려니 무료하기 짝이 없었다. 평생을 주택에서 살아온 우리에게 아파트는 답답함 그 자체였다. 창을 열어도 보이는 대상은 발을 내딛고 다가갈 수 있는 게 아니라 아득히 먼 허상과도 같았다. 언제든지 마당으로 나가서 만지고 느끼고, 기대던 자연이 아파트에서는 그저 그 먼 곳에 무심히 설치된 조형물 같았다. 보이는 사물이 우리네 삶 속으로 들어오지 못하는 존재, 결국 내 삶과 유리된 대상에 불과했다. 어린 손자가 그런 관계에 익숙해지지나 않을까 걱정되었다.

아내와 나는 의기투합하여 반란을 시도하였다. 손자를 밖으로 빼돌리기로 했다. 아들이나 며느리가 퇴근하면서 데리고 오던 시간보다 한참 일찍 손자를 어린이집에서 데리고 나왔다. 무작정 유모차에 태워서 햇살 좋은 길을 따라 걸었다. 그런데 그 길 끝에 작은 하천이 나타났다. 산책길을 물 가까이 잘 만들어 두었다. 아이는 답답한 유모차에서 내려달라고 발을 뻗댔다. 전들 그런 길을 걷고 싶지 않았을까. 유모차에서 벗어난 아이는 신이 나서 잘도 걸었다. 우리도 아이의 걸음에 맞추느라 보폭을 줄였다. 참 이상한 일이었다. 우리 마음이 느긋해지면서 그때까지 보이지 않던 존재들이 나타나기 시작했다. 얼음에서 풀려난 개울물이 노고지리처럼 재잘거렸다. 그 물을 따라 오리 한 쌍이 다가오고 있었다. 가장자리에는 갯버들이 움을 한껏 부풀리고 있었다. 그동안 차 소리만 들렸는데 그게 다가 아니었다. 단지 손자 아이를 따라 걸음만 늦추었는데 회색빛 존재들이 푸르게 살아나고 있었다.

갑자기 두껍게 걸친 외투가 짐스러워졌다. 봄이 와 있음을 뒤늦게 깨달았다. 이미 봄이었다. 자연은 제때에 맞추어 스스로 변화를 만들어가고 있는데 우리는 그 때를 따라가지 못하고 늘 허둥대는 꼴이다.

하천으로 또 한 쌍의 오리가 날아왔다. 물고기들이 흩어진다. 회색빛 도시 공간에 흘러가는 물이 있고 푸른 생명들이 계절을 맞고 있다는 게 신비롭다. 아이의 가녀린 손가락이 가리키는 갯버들 잔가지 빛깔이 유난히 푸르다. 아이가 생명과 새롭게 관계를 형성해 가는 모습이다.

하늘이 내려와 앉은 맑은 물을 바라본다. 어느새 다가온 새 봄, 생명들과 더욱 친밀해진 느낌이다. 인생의 봄이라고 할 수 있는 어린 손자와 함께 생명을 체험한다. 제대로 된 반란이었다.

동해선

아내가 동해선 기차 타고 소풍을 가자고 하였다. 승용차로 잠깐 다녀올 길을 구태여 기차를 타자는 데는 이유가 있었다. 지난 1월 말 포항에서 영덕까지 철길이 개통되었다. 중간에 월포역, 장사역, 강구역 단 세 개의 역이 있다고 하였다. 마치 동화 속으로 들어가는 것처럼 재미있겠다는 느낌이 들었다. 더구나 월포, 장사, 강구 하면 더없이 넓고 푸른 바다를 품고 있는 곳이 아닌가. 운전하느라 앞만 보고 달렸던 그 길을 느긋하게 앉아서 마음껏 바다를 즐길 수 있을 거라는 기대도 한몫했다.

김새기 전에 얼른 다음날 표를 예약했다. 가벼운 차림으로 소풍을 나섰다. 새로 만든 포항역이 깔끔한 차림으로 우리를 맞았다. 역을 지을 때 고래 형상이라는 소문을 들었는데 그런 모습은 전혀 찾아볼 수가 없었다. 새것을 보니 옛것이 생각났다. 옛 포항역은 어느 날 감쪽같이 사라져 버렸다. 그 역은 1904년에 간이 역사로 시작되었다고 하지만 실제로 기차가 운행된 것은 1908년이었다. 경동선이라는 이름의 협궤열차가 대구와 포항을 오고 갔다. 영일만의 해산물과 흥해, 연일, 안강 일대에서 생산된 곡물 운송을 담당했다. 침략자들에 의한 수탈의 길이었다. 일제가 계획했던 동해선도 다름 아니었다.

대구 방향이 아닌 영덕 방향으로 기차가 출발하였다. 예쁜 그림을 곁들인 기차는 일제 침탈의 수모를 떨치고 동해안 지역 주민들의 삶을 싣고 달렸다. 들뜬 마음을 가라앉히기도 전에 월포역이었다. 역시 바다가 환하게 열려 있었다. 사람들은 오른쪽 창으로 바다를 바라보며 탄성을 질렀다.

그 다음 역은 장사역이었다. 바다는 물론이지만 멀리 바닷가에는 유럽풍의 마을이 눈길을 끌었다. 이를 본 승객들은 자치단체에서 지원을 했다느니, 주민들의 협조를 구했다느니, 예쁜 마을이 조성된 연유를 놓고 한참을 떠들었다. 그러는 사이에 강구역에 닿았다. 강구하면 떠오르는 바다와 대게 이미지는 찾아볼 수가 없었다. 모두들 혀를 찼다.

영덕역에 내려서 북으로 놓인 철길을 바라보았다. 곧 울진과 삼척까지 이어질 계획이라고 하였다. 따지고 보면 동해선

철도는 이번에 새로 생긴 게 아니다. 6·25전쟁 전까지 양양에서 원산까지 이어져 있었으며, 포항에서 강릉까지는 부지뿐만 아니라 노반 공사가 진행되고 있었다. 이번 개통은 70년 넘게 기다려온 철로이며, 대기하고 있던 기차가 달리게 된 셈이다.

지난 2002년 남북경제협력추진위원회 합의에 따라 동해선을 복원하기로 하였다. 그러나 남북 관계가 얼어붙으면서 미뤄지고 있다. 동해선의 가치는 경의선과 또 다른 의미를 갖고 있다. 경의선은 중국 철도와 연결되지만 동해선은 나진, 블라디보스토크, 시베리아 횡단 열차와 연결되어 유럽으로 이어진다.

탑승시간 25분, 너무 아쉬웠다. 문득 내처 동해선 기차로 휴전선을 넘고, 시베리아를 지나서 유럽으로 달리고 싶었다. 객차 벽면 '영덕행' 글자가 '유럽행'으로 바뀌었으면 참 좋겠다. 마법처럼 수리수리 마하수리……

호미곶 가는 길

내 말이 그 말 아이가

그저께까지 들녘에는 보리가 서 있었던 것 같은데 어느새 모들이 논을 채우고 있다. 오뉴월 들녘은 마술을 보는 것 같다. 카드를 펼쳐 보이던 마술사가 손바닥을 펴들면 한순간에 카드는 사라지고 비둘기가 날아오르는 장면이랄까. 보리밭이 순식간에 무논이 되었다가 어느 순간 초록 벼들이 줄을 맞추고 섰다. 부지런한 농부가 만들어내는 마술이다.

호미곶에서 이장을 하는 친구가 있다. 마술사 같은 농부다. 마을 일은 마을 일대로 다 하고 논농사, 밭농사는 물론 염소 농장까지 거뜬하게 처리해 내고 있다.

봄부터 초여름까지는 무척 바쁜 시기이다. 논두렁에 세워둔 지팡이까지 용을 쓴다는 농번기인 셈이다. 농사일에는 어설

프기 짝이 없는 나는 이때만큼은 그 친구의 농장으로 가지 않는다. 처음에는 일손을 도우려고 마음먹기도 했지만 오히려 일거리를 만들 것만 같았다. 그래서 들에 보리가 사라지고, 논마다 물이 들어오고 이앙기가 부지런히 모내기를 끝낼 때까지 진득이 기다리곤 했다.

그런데 다른 데 정신을 팔다보니 벌써 빈 논이 보이지 않았다. 내일쯤 전화를 해보아야지 하고 있는데 친구가 먼저 전화를 했다. 저녁 무렵, 삼정 관풍대가 보이는 바닷가에서 만났다. 바람을 볼 수 있다는 섬, 그 관풍대를 보며 마주 앉았다.

친구가 대뜸 물었다. '밭에 뭘 좀 심었나?' 내 텃밭을 두고 하는 말이었다. '우리 부부가 먹을 만큼 딱 그만큼 심었어.' '거름은 넣었어?' '조금 넣었어.' '거름 없으면 가져다줄게.' '아니 있어.' '거름은 적당히 넣어야 해. 크게 키우려는 욕심에 지나치게 많이 넣으면 채소가 제 맛을 잃게 돼. 적당한 것이 제일 좋아.'

우리가 만나자마자 나눈 이야기이다. 그런데 지금껏 친구와 나누었던 이야기를 곰곰이 되짚어보면 늘 그 친구가 내게 뭘 주겠다는 이야기가 많았다. 내가 그 친구에게 무엇을 나누겠다는 말은 별로 없었다. 그러고 보니 고추 같은 채소는 물론 햅쌀까지 싣고 왔다. 농부이기 때문에 그런 것일까. 늘 넉넉한 친구다. 오늘은 거름을 주겠다고 했다. 그러면서 거름이 지나치면 그 작물 고유의 맛을 잃는다고 경고하였다. 그 말을 놓칠세라 내가 한마디 붙였다. '거름이 지나치면 채소의 맛을 잃는다고? 사람도 지나치게 부유하면 사람 맛을 잃는 게 아닐까?' 그 친구가 말을 받았다. '내 말이 그 말 아이가.'

농부 친구의 말맛이 달다. 말의 빛깔을 순식간에 바꾸어 버리는 마술사다. 슬쩍슬쩍 다가오는 밤바다가 맞장구를 쳤다.

눈이 부시게 푸르른 날

5월, 초록빛 호미곶 보리밭이 청록빛 바다와 눈부신 조화를 연출하고 있다. 생명의 신비가 참으로 경이롭다.

해질녘 고금산 자락 보리밭 가운데 서면 노래가 저절로 흥얼거려진다.

'눈이 부시게 푸르른 날은 그리운 사람을 그리워하자.'

문득 함께했던 인연들이 아슴아슴 떠오르면서 그 인연들이 그립다. 소중하지 않은 인연이 어디 있으며, 귀하지 않은 생명이 따로 있겠는가. 해월신사는 법설에서 나이가 많든 적든 똑같이 귀한 사람이라고 했다. 심지어 어린 생명을 한울님처럼 대하라고 하였다. 흔히들 초록을 생명의 색이라고 말한다. 5월의 바다 색깔인 청록을 이슬람에서는 천국의 색깔이라고 한다.

5월은 생명과 천국의 색깔을 입고 우리를 품고 있다. 눈부신 생명들이 존재 의미와 가치를 당당하게 드러내고 있다. 5월은 생명을 새롭게 인식하는 달이다.

우리들도 이에 맞추어 각종 기념일을 만들어 두고 있다. 기독교에서는 5월 첫 주를 '생명주일'로 삼고 생명의 소중함을 일깨운다. 1일은 노동자의 날이며, 5일은 어린이날이다. 소파 방정환 선생은 '어린이만이 민족의 앞날을 밝혀 줄 수 있다' 며 독립을 위하여 어린이 운동을 시작하였지만 그 근원에는 모든 어린이가 하나의 온전한 생명체로서 존중되어야 한다는 각성이 있었다. 어버이날과 가정의 날, 성년의 날, 부부의 날, 입양의 날이 이어지면서 한 생명이 사회 속에서 제 역할을 다하고 존중받을 수 있도록 돕고 있다. 뭇 생명체에게 가르침을 주신 부처님 오신 날도 따지고 보면 생명과 무관하지 않다. 5월에 이처럼 생명의 존엄을 일깨워주는 기념일이 오롯이 담겨 있는 까닭은 자연이 보내는 메시지에 대한 우리의 화답인지도 모른다.

그러나 이번 5월에는 그런 생명의 눈부심이 부끄럽기만 하다. 산천의 초목들은 시간이 되면 어김없이 새순을 키우고, 잎마다 눈부신 푸름을 더한다. 우리는 과연 그런 생명체의 역할을 제대로 하고 있는지 따져볼 필요가 있다. 이번 세월호 재난은 경제적으로는 선진국에 가깝다지만 위기관리 면에서는 후진성을 세계만방에 알린 꼴이 되었다. 뒤집어 놓으면 돈벌이에는 능력을 보였지만 생명을 안전하게 지켜내지는 못했다는 말이다.

어디에 그 원인이 있었을까. 재난 안전에 대한 매뉴얼을 탓하거나 구조 전문가가 없었다는 등 구조적인 이유를 들기도 한다. 틀린 말은 아니다. 이것보다 더 근원적인 이유를 알아야 한다. 우리 사회에 만연된 생명 경시 풍조가 오늘의 사고를 만들어 낸 것은 아닐까. 우리의 천박한 욕망, 즉 돈과 권력 지향적인 삶의 태도가 생명의 존엄한 가치를 짓누르고 있었던 건 아닐까. 우리 모두가 주어진 역할 속에서 생명의 존엄함을 인식했다면 세월호 사고는 일어날 수가 없다. 이번에도 몇몇 희생양을 찍어서 처벌 흉내를 내고는 유야무야 지나가고 말 것이다. 진정으로 우리 사회가 변화하려면 각자가 통렬한 반성과 함께 자기 역할 속에서 생명을 인식해야 한다. 그것이 생명에 대한 국가와 우리 사회가 보여야 할 기본적인 예의이다.

해마다 자연은 5월이 오면 생명의 색깔로 산천을 뒤덮어 우리에게 참다운 가르침을 주고 있다. 그러나 우리는 기념일이나 달력에 적어둘 뿐 그 의미는 까맣게 잊은 채 천박한 욕망의 괴물이 되어 살아왔다.

수각황망(手脚慌忙), 다시는 이런 일이 반복되어서는 안 될 것이다.

5월, 눈이 부시게 푸르른 날은 우리의 참 모습을 그리워하자.

배추흰나비가 가르쳐 준 것들

'배추흰나비는 흰 나비과의 나비이다. 날개를 편 길이는
4.8cm 안팎으로 대한민국에서 가장 흔히 볼 수 있는 나비이다.
배추·양배추·무 등을 기르는 밭과 그 주변 양지바른 곳에서
살며 습지에서 물을 마신다. 배추흰나비의 유충인 배추벌레는
배추·양배추·무 등의 잎을 먹어치우는 해충이지만, 어른벌레
가 되면 꽃가루를 수정하여 식물의 번식을 돕는 익충이 된다.'

백과사전에서 찾은 배추흰나비에 대한 설명이다.

오죽 답답하면 백과사전에서 이놈의 정체를 찾아보았을까.

학교에서 아이들을 가르칠 때 배추흰나비 한살이를 관찰하
느라 교실에다 관찰 망을 만들고, 배추를 따로 키우며 아이들
과 들여다보기도 했다. 연노란색 알에서 애벌레가 되고 다시

사그락사그락 배춧잎을 먹으며 파랗게 커가는 모습이 몹시 신기하였다. 더구나 나비가 되었을 때 생명의 신비로움과 변태의 경이로움에 아이들과 함께 탄성을 지르기도 했다.

그러나 텃밭에다 배추와 무를 심으면서 생각이 완전히 바뀌고 말았다. 풀풀 날아다니는 배추흰나비가 그렇게 미울 수가 없다. 이웃 할머니들이 배추 모종이 어릴 때 두어 차례 농약을 치라고 권할 때도 그냥 웃어 넘겼다. 종묘상에서 벌레 감당을 못할 거라며 저독성 농약이나 친환경 제재 농약을 권할 때도 도리질을 했다. 내가 하는 짓이 영 답답했던지 이웃마을 친구는 결구하기 전에 한두 번 치는 것은 잔류농약 걱정을 하지 않아도 된다며 안심을 시켰다. 그 말도 듣지 않았다.

배추 모종이 사름을 한 뒤부터 돋보기를 끼고 핀셋으로 배추벌레를 잡기 시작하였다. 배춧잎이 숭숭 뚫리고, 고갱이가 사라지고, 검푸른 벌레 똥이 보이건만 배추벌레는 좀처럼 만나기 힘들었다. 어디 배추벌레뿐이랴. 쥐며느리, 달팽이들의 극성도 만만치 않았다.

이웃의 배추, 무들은 푸르다 못해 시커멓고 충실하였다. 하나하나가 다 고르고 가지런하게 키를 맞추며 잘도 자라고 있었다. 그런데 우리 밭에는 잎이 들쭉날쭉, 모양도 구구각각이었다. 이쯤 되자 지나가시던 마을 할머니들이 한마디씩 핀잔을 하셨다.

"거 봐라. 약 치라 했제."

오기가 발동하여 불퉁거려 보았다.

"반타작만 하면 되지요 뭘."

말은 그렇게 둘러댔지만 속이 탔다.

'약을 칠까 말까?'

배추와 무를 들여다보는 시간이 바로 갈등의 시간이었다.

이 고비에서 얼마 전에 프란치스코 교황이 발표한 환경 회칙 '찬미를 받으소서'가 떠올랐다. 인간의 무분별한 개발과 이용으로 위기에 처한 지구를 구하기 위해 회개하고 즉각 행동에 나서야 한다고 촉구했다. 오늘날 지구는 기술만능주의와 인간중심주의가 초래한 환경과 생태의 위기 상황에 처해 있다고 지적했다. 교황은 이러한 위기를 극복하기 위해서 인류에게 '생태학적 회심'을 요구하였다.

약을 치면 배추는 보기 좋게 자랄 것이다. 그러나 땅에서 살아가는 수많은 생명은 사라질 것이다. 그중에 인간이 포함되지 않는다는 보장은 없다. 토양 오염은 물론, 빗물에 씻겨 내려가서는 바다 생태계에도 영향을 주게 될 것이다. 이미 우리가 알고 있는 결론이다. 그러나 오늘도 사람들은 농약 통을 지고 밭으로 나선다. 벌레에게 한 잎이라도 빼앗기지 않으려는 우리의 욕망이 기술만능주의와 인간중심주의를 낳았으며, 이것이 다시 인간을 옭아매고 있다.

손바닥만 한 텃밭, 배추 몇 포기를 들여다보면서 너무 거창하게 말 가지가 뻗어나갔다.

곁에서 아내가 말했다.

"괜찮아요. 그런대로 우리 김장할 배추는 얻을 것 같네요."

분월이개의 달빛

제주도 올레길로 가족 체험을 떠났던 아이가 2박 3일 만에 돌아왔다. 다른 아이들이 부러운 얼굴로 그 아이 곁으로 모여들었다. 제주도로 비행기를 타고 갔던 이야기부터 맛있는 것을 먹은 이야기까지 그 아이는 친구들에게 마음껏 자랑을 늘어놓았다.

수업 시작할 무렵에 어느 정도 이야기가 마무리되었다는 생각이 들어서 넌지시 아이들 이야기에 끼어들었다.

"우리 바다랑 뭐가 달랐지?"

그 아이의 대답이 의외였다.

"근데요. 우리 바다랑 마을이랑 제주와 똑같아요."

망설이지도 않고 선선히 말하는 것으로 보아서 솔직한 생각임을 느낄 수 있었다. 제주 바다와 마을 모습이 우리가 살고 있는 호미곶과 크게 다르지 않았다고 했다. 4학년 아이의 눈으로 바다가 다른들 얼마나 달랐을까. 사람들이 모여 사는 모습 또한 별반 다르지 않았을 것이다.

그 아이의 말끝에 며칠 전 달빛 내린 마을길에서 느꼈던 감동이 되살아났다.

내가 살고 있는 마을 곁에는 '분월이개'라는 포구가 있다. 처음에는 그 말의 뜻을 잘 몰라서 그냥 '분월이, 분얼포'를 섞어 부르며 지나쳤다. 그러나 마을 사람을 통해서 그 지명의 유래를 알고나니 생각이 조금 달라졌다. '분월이개'는 달빛이 바다 위에서 교교히 흩어진다는 뜻이라고 하였다. 그분은 특히 '교교히'라는 말을 몇 번이나 거듭했다. 교교히, 사전에는 '달빛이 매우 맑고 밝게, 매우 희고 깨끗하게'라고 풀이되어 있다. 그 말을 듣고부터 달이 뜨는 보름을 기다렸다. 달빛이 바다 위로 흩어진다는 '분월이개'의 광경을 꼭 확인하고 싶어서였다.

'달빛이 교교히 흩어지는 포구'

환한 보름달이 떠오르기를 기다렸다가 천천히 분월이개로 나갔다. 그야말로 달빛이 교교히 바다 위에 내려앉고 있었다. 이따금 방파제를 밀치는 파도 소리가 현실임을 알릴 뿐, 그야말로 환상이었다.

내친김에 분월이재까지 걸어서 올라갔다. 그곳에서는 달빛과 바다의 어울림을 한눈에 내려다볼 수 있었다. 달빛이 일렁이는 바다를 따라 맑고 희게 흐르고 있었다. 흐르는 달빛을 따라서 대동배까지 넘어갔다. 대동배 바다는 아예 환하게 열려 있었다. 달빛은 거침없이 바다를 노랗게 칠하고, 재잘거리는 잔물결은 마치 물고기 떼가 입을 벌려 달빛을 머금으려는 것 같았다. 바다에 손을 담그면 이내 온몸이 달빛에 젖을 것만 같았다.

대동배를 지나 학달비 고개에 접어들면서 또 다른 풍경이 연출되었다. 가장 먼저 나무들이 터널을 이루었다. 바다에서 숲으로 순간 이동이 이루어진 느낌이었다. 등줄기에 오스스하게 일어나는 잔 소름이 싫지 않았다. 나뭇가지, 가지에 얹히는 달빛이 매우 희고 깨끗했다.

오래 전 한 외국인이 우리나라는 산천 자체가 아기자기하게 예쁜 것이 열차를 타고 가면 지루할 틈을 주지 않는다고 하였다. 비록 열차는 없지만 우리 지역을 돌아다닐 때도 그런 사실을 실감했다고 말하였다. 해안의 모습은 더욱 그렇다. 일기 또한 변화무쌍하다. 특히 호미곶 해안은 걸을 때마다 다른 풍경, 다른 바람을 만난다. 그야말로 오늘은 바다가 어떤 모습을 연출할까, 오늘은 어떤 생각들을 만날 수 있을까 하는 설렘으로 바닷길을 나서곤 한다.

우리 고장도 제주도 올레길이나 지리산 둘레길에 버금가는 곳을 갖고 있다. 사람들이 그냥 지나치기 때문에 놓치고 있을 뿐이다. 사랑은 관심에서 비롯되는 것이다. 고장 사랑 역시 멀고 어려운 게 아니다. 고장의 자연과 사람, 귓가를 스치는 바람에 대하여 관심을 갖는 것이 그 시작일 것이다.

2050년 바다

2050년 바다는 어떤 모습일까? 미래 자연의 모습을 상상하면서 화려하고 찬란한 꿈을 꿀 수 없는 게 우리네 현실이다. 불과 30여 년을 남겨둔 2050년 지구의 바다에는 물고기보다 함부로 내다 버린 플라스틱 쓰레기가 더 많을 거라고 한다. 생명이 숨 쉬는 바다가 아니라 인간이 버린 쓰레기들이 모이고 떠돌면서 바다를 흉물로 만들 거라는 연구보고서가 나왔다.

지난주, 지역문화에 관심이 많은 몇몇 출판인을 구룡포를 비롯하여 호미반도 일원으로 안내하였다. 구룡포 시장과 어항, 일본인 가옥 거리, 해무가 내린 호미곶 광장과 100년의 역사와 사연을 간직한 호미곶 등대를 보면서 그들은 마치 다른 나라에 온 느낌이라며 탄성을 자아냈다. 이구동성으로 조금은 이질적인 느낌마저 드는 이 지역의 정서와 풍광 그리고 소소한 역사 이야기들을 출판이라는 그릇에 담아내고 싶다는 강한 의욕을 보이기도 했다.

내친김에 호미반도의 끝자락으로 천천히 걸었다. 변방과도 같은 해안을 직접 걸어본다는 호기심에 들뜨기도 했다. 망망한 바다와 아득한 그리움을 길어 올리는 해안선은 매력 넘치는 길이었다.

그러나 그런 기분은 단박에 무너져 내렸다. 아직 본격적인 여름 휴가철이 되지 않았는데도 벌써 쓰레기와 불에 그을린 돌무더기가 곳곳에 흩어져 있었다. 지역 주민들이 애써 다듬고, 가꾸고, 정리해 두었던 바다가 쓰레기장으로 변해 있었다. 주민들은 생업의 터전인 바다를 결코 함부로 하지 않는다. 그런데 주말에 놀러왔던 사람들이 쓰레기를 무더기로 버려둔 채 사라졌다. 그들은 다시 일터로 돌아가서 어느 바다에 가서 잘 쉬었다고 이야기할 것이다. 다시 일할 힘을 얻었다고 자랑할지도 모른다. 그러나 그들이 남긴 쓰레기는 바다를 병들게 하고 있다. 함께했던 손님들은 외면하거나 코를 막고 그 장면을 비켜났지만 더 이상 풍광을, 역사를, 자연이 연출하는 분위기의 특별함을 이야기하지 않았다.

자연은 인간의 탐욕과 이기심 때문에 몸살을 앓고 있다. 우리는 흔히 산과 바다를 두고 취미 혹은 스트레스를 풀기 위한 대상쯤으로 여기고 있다. 그러면서 자연을 좋아한다고들 한다. 자연의 뭘 좋아하는지, 왜 좋아하는지 콕 집어 말하지는 못한다. 우리의 하늘과 산천이 어떤 모습이며, 바다가 무엇을 이야기하려고 하는가를 분명히 알아야 자연을 사랑하고, 보전할 수 있다.

지금까지 우리가 자연을 찾은 이유는 오직 자신을 위해서였다고 하면 지나친 표현일까. 건강을 위하여, 더위를 피하거나 휴식을 취하겠다는 지극히 이기적인 생각에서 산과 바다를 찾았다. 그래서 자연이 망가지거나 병드는 일에는 크게 관심을 두지 않았다. 마구 쓰레기를 버리고, 나무를 꺾고, 바다 생명들을 병들게 하면서 가책조차 느끼지 않았다. 원인이 무엇일까. 우리에게서 자연에 대한 존중심이 사라져 버렸기 때문이다. 그 결과 머지않은 장래에 바다에는 생명체보다 플라스틱 쓰레기가 더 많아진다는 사실이다. 어디 그 뿐인가. 우리의 산과 들에도 온통 쓰레기가 주인이 되는 시대를 후손에게 물려주게 되고 말았다.

우리는 산과 들, 강과 바다 없이는 한순간도 존재할 수가 없다. 작은 동식물도 중요한 삶의 파트너임이 분명하다. 그러므로 그들이 왜, 그곳에, 그런 모습으로 존재하는지를 알고 자연을 찾았으면 좋겠다. 건강한 자연의 존재가 우리 삶을 얼마나 풍요롭게 하는지를 아는 사람만이 자연을 찾을 자격이 있는 게 아닐까.

곧 휴가철이다. 이번 여름휴가는 2050년 쓰레기 지구를 앞당길 것인가. 지구를 구할 것인가를 생각하는 시간이 되었으면 좋겠다.

우리가 잊은 것

가을이다. 햇살과 바람, 비 그리고 우리의 노동이 우리 곁으로 와서 영글었다.

며칠 전 저녁 무렵에 이웃 마을 이장으로 봉사하는 친구가 찾아왔다. 마을 제사를 모셔야 하는데 제문 작성을 의논하고 싶다고 하였다. 평소에도 마을 일에 정성을 다하던 친구는 제문 하나에도 마을 사람들의 소망과 정성을 담고 싶어 했다. 그의 그런 진지함에 이끌려 미리 갖고 온 초안을 함께 검토해 나갔다.

그런데 제문 중에 '명찰하신 당사신과 동해 바다 용왕님과 산신령님, 이 땅을 수호하시는 토지신이시여'라는 구절이 있었다. 마을 제사에 당사신만 모시는 게 아니라 용왕, 산신, 토지신을 함께 청배하는 형식이었다. 해안마을이니까 용왕을 모셔야 하고, 일부는 논밭을 일구고 있으니 토지신 또한 당연히 청배의 대상이 될 수도 있겠다는 생각을 했다. 그러나 깊은 산골에나 있음직한 산신을 모신다는 구절에서는 선뜻 수긍이 가지 않았다. 산촌에서 주로 모시는 산신은 범을 의미하는 경우가 많다. 그렇게 본다면 예부터 지내왔던 강사 마을의 범 신앙 흔적일 수도 있겠다는 생각이 들었다. 내 말에 친구도 그렇다고 하였다. 뿐만 아니라 강사리에는 돼지 머리가 아니라 소머리를 제물로 올리며, 제사를 지낸 뒤에는 호랑이가 물어가기 좋게 소머리를 산에다 묻었다고 했다. 더구나 어릴 때 호식총을 본 기억도 있다고 하였다.

그 말을 들으니 내 머리를 스치는 기억이 하나 있었다. 오래 전에 읽었던 《강사리 범굿》이라는 책이었다. 민속학 자료집으로 널리 알려진 책이었다. 바로 그 민속학의 현장이 바로 우리 지역이라는 사실을 까맣게 잊고 있었다. 사진 자료와 함께 실렸던 굿의 이야기는 지난 시절 미신으로 치부된 적도 있지만 실은 우리 백성들의 아픈 삶이었다.

범굿은 국가 권력이 지켜주지 못했던 당시의 호환 피해를 어떻게든 막고 싶었던 소망에서 비롯되었다. 아울러 그런 제의를 통해 가슴에 응어리로 남았던 한을 풀었을 것이다. 망자의 위로에만 그친 게 아니라 살아남은 자들에게도 위로를 주었으며, 나아가서는 산 자와 죽은 자를 화해로 이끌어 새로운 삶에 대한 용기까지 주었을 것이다.

강사리 범굿은 민속학 연구 대상에만 그친 게 아니었다. 십여 년 전 남산드라마센터에서 공연되었던 〈용호상박〉은 바로 우리의 범굿에서 모티브를 가져간 연극이었다. 2005년 초연 당시에 전무송 씨가 동아연극상 연기상을 수상하였으며, 연출상까지 받을 만큼 주목 받은 연극이었다. 이야기는 산마을(강사3리)과 바다 마을(강사1,2리)로 갈라선 집안에서 서로 소머리를 차지하려고 벌이는 형제 간의 갈등과 화해를 중심으로 전개되고 있다. 100년 만에 나타난 호랑이 혼령과 바다에 기대어 살아가는 어촌의 용왕에 대한 신앙이 부딪치는 애증의 과정을 전통의 굿 사위와 소리, 장단을 곁들여 만든 연극이었다. 그야말로 대대로 이어온 이 지역 삶의 모습과 이야기가 신비하고 판타지 가득한 예술작품으로 재생산된 것이었다. 그런 내용이 제문에 고스란히 남아 있었다.

해마다 제문을 지어 올리면서도 그런 사실을 알고 있는 마을 사람은 매우 드물었다. 이런 현실이 참으로 안타깝다. 우리 지역의 삶이 그토록 가치 있다는 사실을 모르고 있는 한 그 문화예술이 지닌 가치가 우리의 것이 될 수는 없다. 또한 그 가치를 누릴 수도 없다.

곧 추석이다. 많은 이들이 고향을 찾을 것이다. 나를 태어나게 하고, 나의 오늘을 있게 만든 고향에서 우리는 무엇을 찾아야 하는가. 바로 우리가 잊었던 소중한 전통과 정신이 아닐까.

지역 문화 체험

지난 주말에 호미반도 일원에서 문학기행 행사를 가졌다. 함께한 주인공들은 바다와 한참이나 떨어져 있는 산골 마을 중학생들이었다. 전교생이 불과 여덟이었다. 지도 선생님까지 합하여 아홉 명과 조촐하지만 의미 있는 지역 문화 체험을 진행하였다.

처음에는 지역 작가를 만나고 싶다는 선생님의 요청에 따라 학교로 가서 한 시간 남짓 작품 이야기를 들려주려고 했다. 그러나 문학의 현장을 좀 더 생생하게 체험시켜 주고 싶어 하는 선생님의 열정이 장소를 호미곶으로 바꾸어 놓았다. 물론 차량을 빌리고 점심을 마련하는 일에는 학교장과 경리 담당자의 배려가 있었다.

학생들은 미리 나의 책인 《귀신고래》와 《조선의 마지막 군마》를 읽고 온 터라 작품의 배경지를 따라 일제강점기 우리 지역의 아픈 역사 현장을 밟아갔다.

흔히들 교과서에 등장하지 않는 지역의 과거사는 역사가 아닌 것으로 인식하고 있다. 그저 교과서에 등장하는 신라, 고려, 조선의 왕들 이름이나 큼지막하게 나오는 사건을 역사라고 배워왔다. 이는 학생들의 잘못이 아니다. 광복 이후 지금까지 반복된 우리 역사 교육과정에서 비롯된 문제라고 할 수 있다. 그래서 많은 사람들은 자신이 거주하고 있는 지역의 역사적 사실에 대해서는 관심을 두지 않는다. 역사를 공부하기 위해서는 경주로, 부여로, 서울로 가야만 하는 줄 알고 있다.

학생들과 함께 구룡포에 있는 일본인 가옥 거리를 걸으며 침략자들이 우리의 자원을 어떻게 수탈해 갔는지에 대해 이야기를 나누었다. 신라 때부터 이어져 온 군마 목장이 일제에 의하여 강제 폐목된 배경과 군마 목장이 조성된 지역의 자연환경도 알려 주었다. 아울러 우리 지역에 흩어진 많은 수의 산성과 봉수대에 대해서도 이야기했다. 그야말로 우리 지역은 국토 수호의 최전선이었으며, 나라를 지키기 위해 목숨을 아끼지 않았던 분들이 살았음도 말해 주었다.

다무포 해안에서는 '고래의 바다'라고 불릴 만큼 고래가 많았던 동해를 보았다. 바로 그곳에서 한국계 귀신고래의 멸종 연유도 이야기해 주었다. 고래가 사라진 텅 빈 다무포 해안을 내려다보는 학생들의 표정은 안타까움 그대로였다.

호미곶에서는 쾌응환 조난과 호미곶 등대 건립에 얽힌 치욕의 역사 이야기도 나누었다. 나라가 힘이 없을 때 사람뿐만 아니라 뭇 생명들도 함께 고통을 당하게 된다는 사실을 함께 느껴보는 시간을 가졌다.

국토의 동쪽 끝인 구만리 해안에서 학생들과 문학기행의 마무리 토론을 하였다. 우리 지역에는 역사적으로 일본과 관련된 사건이 많았다. 심지어 설화, 민담, 전설에도 왜구, 왜적이 자주 등장하는 것만 보아도 일본 침탈이 빈번했다는 사실을 말해 주고 있다. 우리가 일본에게 선진 문물을 전해 주었다고 배웠는데 우리는 왜, 늘 노략질과 침략을 당했을까? 우리 조상들이 허울에 취해 있다가 당했다고 대답할 수는 없었다. 말을 돌려서 독도 문제처럼 은밀하게 진행되는 역사 왜곡 음모를 애써 외면했으며, 지금도 그들의 논리에 춤추는 일은 없는지 경계해야 한다고 얼버무렸다. 아울러 앞으로는 패배가 아닌 승리하는, 이웃 나라와 평화를 나누는 역사를 이곳에 있는 청소년들이 써 나가야 한다는 말로 결론을 지었다.

사람은 자신이 보았던 세상만큼 꿈을 꾼다는 말이 있다. 하루는 짧은 시간인지도 모른다. 산골 학생들이 짧은 시간 동안 보았던 지역의 역사, 광활한 바다와 어촌 정서가 그들에게 꿈의 지평을 넓히는 데 조금이나마 도움이 되었으면 좋겠다.

호미곶 가는 길

걷기 열풍이다. '제주 올레'라는 말이 일반화될 만큼 그 길을 따라 걷는 여행 코스가 유명해졌다. 아울러 지리산 둘레길도 여행자들이 가보고 싶어하는 곳이 되었다. 어떤 이는 건강을 위해서, 또 누구는 지친 심신을 달래기 위해서 그런 길들을 찾아가는 모양이다. 스페인의 산티아고 가는 길을 찾는 사람들도 점점 늘어나고 있다고 한다.

사람들은 지금까지 너무나 바쁘게 먼 길을 달려왔다. 오로지 앞만 보면서 달리고 또 달리기만 했는지도 모른다. 아니 어쩌면 지향점도 모른 채 다른 사람이 달리니까 덩달아 따라온 사람들도 더러 있을 것이다.

전래 동화 중에 이런 이야기가 있다. 도토리 떨어지는 소리에 놀란 토끼가 하늘이 무너지는 줄 알고 도망을 치기 시작했다. 이를 보고 산 속의 동물들이 하나 둘 무너지는 하늘을 피해 보려고 달리고 또 달렸다는 이야기이다. 그 이야기가 오늘날 우리 모습과 흡사하여 새삼스럽게 다시 읽어 보았다.

〈호미반도 달빛 축제, 보름날 구룡포 목장길 함께 걷지 않으렵니까?〉

가을 햇살이 참 따스한 오후에 문자 메시지가 들어왔다. 지난해 보름달을 받으며 올랐던 호미반도 달빛 길의 감흥은 두고 두고 잊혀지지 않았다. 연초에는 문우들과 호랑이해를 맞이하여 겸사겸사 호미반도 등줄기 길을 걸은 적이 있다. 그 뒤에도 몇 차례 호미반도를 가로질러 장기목장성을 걷기도 하였다. 그러나 달빛 아래서 걷는 호미곶 길은 독특하면서도 신비한 맛이 있다.

호미반도의 산길은 달빛이 내리면 모두 바다로 향한다. 웅크리고 있던 바위들도 어둠 한 자락씩 감아 들고 바다로 간다. 관목 숲 끝에는 키 낮은 곰솔들이 길 떠날 채비를 한다. 달빛이 그 옛날 목부들이 쌓아올린 석축을 그냥 지나칠 리 없다. 그 돌덩이들을 가만가만 쓰다듬으면 수백 년 전 말을 기르던 목부들이 깨어나서 파도 소리에 몸을 뒤척인다. 달밤, 숲으로 들어선 사람들도 어쩔 수 없이 달그림자를 늘어뜨린 한 그루 곰솔이 된다. 그렇게 모두 한마음으로 달빛 길을 걷는다.

올레길, 둘레길은 먼 데 있는 게 아니리라. 내가 태어난 마을, 나를 키운 고장, 내가 살고 있는 지역의 익숙한 길이 바로 둘레길이요, 올레길이다. 바로 그 길에는 나의 삶이 묻어 있고 그 길의 향기가 내 삶에 배어 있다.

나는 가끔 내가 자란 섬안의 길을 찾아가 본다. 옛 모습은 찾아볼 수 없지만 구강의 언저리, 형산강 둑방길, 그 길에 서면 어릴 때 놀았던 모습들이 어제 일보다 더욱 생생하게 떠오른다. 나만 그런 게 아닐 것이다. 고향의 작은 길에는 우리네 아버지, 할아버지의 삶과 곡절이 오롯이 스미어 있기 때문에 가슴이 먼저 기억을 떠올린다.

보름달이 호미반도에 뜨면 바다를 만나러 호미곶 길로 가야겠다. 겸손하게 바다로 향해 엎드린 그 길을 한 그루 곰솔이 되어 걷고 싶다.

육묘장

출렁이는 청보리 사이에 자리한 친구네 육묘장에 다녀왔다.

모판을 만들기 위하여 볍씨를 넣는다는 소식을 듣고도 가보지 못했고, 육묘장 구경이라도 오라는 이야기를 듣고도 게으른 천성 탓에 차일피일 미루고 있었다. 책상머리에 앉아 있는 것도 좋지만 자라는 모를 보고 쓰는 글은 또 다를 거라는 타박을 듣고서야 호미곶 들길을 나섰다.

육묘장 10층 선반 위에서 모들이 새파랗게 자라고 있었다. 불과 며칠 사이에 이렇게 자랐구나 하는 생각에 가만히 손을 대 보았다. 여리다기보다 빳빳한 느낌이 먼저 손끝에 와 닿았다. 그 당당함, 태양의 진실과 농부의 정성이 연출하는 경이로움이 그곳에 있었다.

앞에는 솔숲 너머로 바다가 펼쳐져 있고, 들녘 밭에는 보리가 영글어가고 있었다. 바닷바람에 흔들리는 호미곶 보리는 어느 음악가도 만들지 못한 소리 너머 노래를 연주하고 있었다. 곧 이 보리가 자리를 비우면 육묘장의 모들이 들녘을 채우리라. 사람을 먹이고, 호미곶에 살고 있는 뭇 목숨들을 키우는 자연의 모습이 오롯이 모여 있었다. 그 곁 수로에서는 겨울 동안 멈춰있던 맑은 물이 흐르고 있었다. '아, 그래 이 자연스러움!' 나도 모르게 그런 탄성이 터져 나왔다. 그리고 내가 이런 조화로움 속에 살아있음이 너무나 감사하였다. 하나의 생명체로, 자연의 일부로 살아갈 수 있는 일이야말로 얼마나 큰 축복인가.

그래서 5월을 푸르른 달이라고 했다. 어린이날, 어버이날, 성년의 날, 부부의 날 등 가정과 관계있는 기념일을 5월에 모아놓은 이유도 거기에 있으리라. 푸르른 생명을 인식하고, 키우고, 배우는 일을 가정에서 찾으라는 의미일 것이다. 그런데 육묘장인 가정의 역할이 사라졌다. 어린 생명의 소중함도 잊어버리고 말았다. 아이들의 교우 관계에서 비롯된 자살 또한 심각한 지경이다. '인터넷강국' '정보의 바다'라는 허울을 앞세워 아이들을 사이버 공간으로 밀어 넣은 결과가 바로 이런 것임을 깨달아야 한다. 자연과 가정이라는 공간보다 사이버 공간에서 살아가는 아이들에게 우리는 생명의 의미를 가르치지 못하고 말았다.

가정은 한 인간이 생명으로 출발하는 육묘장이다. 어머니의 뱃속에서 어머니의 육체만 나누어 받는 것이 아니라 인간적 색깔까지 배우게 된다. 태어나서는 그 어머니와 교감 속에서 생명의 경이로움과 인간에 대한 예의, 자존감을 높여간다. 그런데 가정의 소중함을 팽개치고 그동안 무엇을 쫓아다녔는지 우리를 돌아보아야 한다. 가출 청소년의 80%가 가정이 안정되지 못했다는 통계는 이를 잘 말해 주고 있다.

우리 사회는 이제 달라져야 한다. 어른들의 중심된 화제가 무엇인가. 집값, 주식 투자와 땅값 상승, 권모와 술수가 판치는 정치에 대한 일희일비가 아니었던가. 그릇된 어른들의 욕망이 아이들을 그릇된 줄 세우기 경쟁 속으로 몰아넣었다. 살아있는 아이들에게 할 짓이 아니다. 아이들에게 진정으로 필요한 것은 화목한 가정이다. 친생명적인 삶의 모습을 보여주는 사회이다.

육묘장에는 생명의 빛이 가득하다. 육묘장 모도 제때에 햇빛과 농부의 사랑을 받아야 싱싱하고 충실하게 자란다. 우리 아이들도 마찬가지이다. 자연과 부모의 사랑이 아이들을 아이답게 만든다. 아이들에게 생명을 마음껏 느낄 수 있는 5월이 되었으면 참 좋겠다.

봄날, 호미곶 목욕탕에서

호미곶으로 옮겨 앉은 지 두어 달이 되었다. 제 밥 먹고 구만 바람 쐬지 말라더니 정말 지난겨울 땅 끝에서 부는 바람은 변방을 실감케 했다. 그러나 사람을 움츠리게 하던 바람도 계절과 함께 색깔이 바뀌었다. 찬바람에 먼지만 날리던 빈 밭에서 어제는 머위가 연둣빛 햇잎을 드러내더니 오늘 아침에는 가녀린 춘란이 나팔 모양의 하얀 꽃잎을 내밀고 있다. 어디 그 뿐일까. 텃밭 구석구석 푸르른 싹들이 제 얼굴로, 제 소리를 보이고 있었다. 나의 무딘 입에서도 탄성이 저절로 터져 나왔다. 자연의 푸르름은 이렇듯 놀라움과 기쁨과 행복감을 우리에게 안겨주고 있다.

혹여 푸른 생명이라도 다칠세라 조심조심 흙을 밟아 가는

데 문득 푸른 햇잎 위로 우리 아이들 얼굴이 얹혔다. 자연의 푸르름은 사람을 환희에 젖게 하건만 인간 사회의 푸르름이라고 할 수 있는 청소년은 우리를 안타깝게 하는 일이 참 많다는 생각이 들었다.

포항의 산불도 몇몇 중학생의 불장난에서 비롯되었다고 한다. 경산에서는 학교 폭력에 견디다 못해 한 생명이 또 세상을 떠났다. 또 10대 3명이 20대 정신지체 여성을 성폭행했다는 소식은 정말 상상도 하기 싫은 일이다.

한껏 설레던 가슴이 그만 답답해져 왔다. 전문가들은 가정교육의 부재가 그 원인이라는 진단을 내놓기도 했다. 어디 가정교육 부재뿐일까. 우리 사회 곳곳이 교육에 관하여 제 기능을 하는 곳이 없다. 제 아이만 소중하다고 챙기는 사이에 우리 사회는 두 부류의 아이들이 생겨났다. 부모의 손길이 지나친 아이, 부모의 사랑을 받지 못하여 제구실을 못하는 아이가 함께 살아가고 있다. 문제는 두 아이들 사이에는 공통분모가 없다는 것이다. 살아가는 세상이 다르다, 같은 공간에서 살아가지만 서로가 서로를 외계인으로 느끼고 있을 수도 있다. 그것이 바로 오늘날 우리 청소년들이 겪는 혼란스러운 현실이다.

오후 늦게 마을 목욕탕에 갔다. 마침 이번에 중학교로 진학

한 아이가 들어왔다. 사제동행이라더니 재미있게도 사제 간에 벌거벗은 만남이 되고 말았다. 중학교 생활에 대하여 이것저것을 물어보며 탕 속에 몸을 담그고 있는데 무슨 약속이나 한 듯이 또래들이 줄줄이 들어왔다. 중학교 2학년이 되는 녀석이 내게 반갑게 손을 내밀었다. 나는 잡은 손을 놓지 않고 녀석을 탕 속으로 끌어들였다.

"동생들 잘 챙겨줘라."

"저기 보세요. 다 같이 목욕도 왔잖아요. 우리 잘 지내요."

그러고 보니 시골 중학교 남학생 전부가 벌거벗고 탕 속에 들어와 앉았다. 서로 밀치고 당기고 그 또래, 그 모습대로 장난치며 깔깔댔다. 참 보기가 좋았다. 물이 튀겨도 싫지 않았다. 장난을 치다가도 마을 어른들이 들어오면 기특하게도 벌거벗은 채 꼬박꼬박 인사를 하였다. 그러면 어른들은 따뜻한 덕담으로 아이들을 다독여 주었다. 그 모습은 아이들이 호미곶 마을 공동체의 자녀임을 확인시켜주는 장면 같았다. 그래서 호미곶 아이들이 푸르고 건강하게 보였던 것이었다.

우리 아이들에게 푸른 모습을 되찾아 주기 위해서는 내 아이 하나만 잘 되기를 바라는 이기심에서 벗어나야 한다. 모든 청소년이 내 아이라는 인식이 우리 공동체 속에서 싹틀 때 우리 아이들 모두 건강한 몸과 마음을 되찾을 수 있을 것이다.

봄날, 호미곶 목욕탕에서 우리 아이들과 함께 몸과 마음을 씻었다. 햇잎처럼 푸릇푸릇해지는 기분이 들었다.

비취색 바다와 메밀밭

'비취색 바다와 메밀꽃'. 언제부터인가 현수막이 호미곶을 지나는 도로변에 나붙었다. 생뚱맞다는 생각이 들었다. 호미곶이 무슨 봉평도 아니고 메밀꽃이라니? 싱거운 사람이 선거철에 장난치는 줄 알았다. 그러나 한두 곳도 아니고 지나다니는 길목마다 펼침 막이 나타나서 호기심을 자극했다.

차를 세우고 길 위로 나서보았더니 와우! 별 세상이었다. 호미곶에는 보리밭과 유채만 있는 줄 알았는데 그게 아니었다. 새천년 광장 주변 들녘이 온통 하얀 메밀꽃이었다. 도래솔을 품으며 펼쳐진 메밀꽃도 장관이지만 곰솔 숲 너머에서 출렁거리는 바다와 어우러진 메밀밭은 가슴까지 철렁이게 하였다. 지금까지 보아온 호미곶 풍광과는 또 다른 모습이었다. 일부러

달이 뜬 날 밤에 나가서 과연 소금을 뿌려놓은 것 같은지를 확인해 보기도 하였다. 달빛이 내려앉은 메밀밭은 무슨 말로 표현해야 할까. 한마디로 매혹적이었다.

몇 차례 드나들며 이색적인 정경을 보고는 그 모습을 자랑하고 싶었다. 휴대전화기로 사진을 주고받는 게 익숙하지 않았지만 동서남북으로 방향을 잡아 가며 여러 장을 찍었다. 그 자리에서 이곳저곳 친한 사람들에게 보냈다. '호미곶 비취색 바다와 메밀꽃을 보러 오세요.'라는 문자와 함께.

사진을 받은 사람들마다 가까운 곳에 이런 모습이 있느냐며 메밀꽃 구경을 오겠다고 하였다. 그 이튿날부터 친지들이 찾아오기 시작하였다. 하지 무렵인지라 퇴근하고 와도 해는 중천이었다. 해넘이와 함께 메밀밭에서 오랜만에 사진을 찍었다. 물론 온다는 연락을 받으면 바로 나가서 안내를 맡았으며, 사진이 잘 나오는 곳을 짚어주기도 했다. 그러다 보니 주말이면 아예 몇 팀이 오겠다는 연락을 주기도 하였다. 지난 주말에는 한꺼번에 여러 가족이 오는 바람에 서로 낯선 이들끼리 시간을 함께 보내기도 하였다. 그러나 전혀 어색하지 않았다. 메밀꽃을 핑계로 한동안 만나지 못한 친구들도 찾아왔다. 일부러 오지 않으면 또 몇 년이 흐를 것 같아서 애써 달려왔다고 하였다.

누가 어떻게 조성한 메밀밭인지는 모르겠지만 활짝 핀 그

꽃 덕분에 톡톡히 손님을 치르고 있다. 우리는 오랫만에 반갑게 만나서 꽃을 보며, 꽃처럼 활짝 웃으며, 꽃 가운데서 사진을 찍었다. 가슴 가득히 숨을 들이마시며 활짝 웃어 본 기억이 가물가물하다고 하였다. 무엇이 그리 바쁜지 짬 내기조차 어렵다고도 하였다. 이렇게 소소한 일상을 나누며 함께하는 게 행복인데 우리는 너무 바빠서 그런 꽃을 피울 시간조차 잊고 사는 것만 같다.

조금은 외로워도

'봄날이 오면 뭐 하노 그쟈, 우리는 너무 멀리 떨어져 있는데.' 70년대 유행했던 최백호의 '그쟈'라는 가요의 한 부분이다. 경상도 사투리를 맛깔스럽게 살린 노랫말이 정겨워서 그야말로 봄날이 오면 자주 흥얼거린다.

이른 아침, 마을 이장님이 텃밭에 넣으라며 거름을 가지고 왔다. 지나다니며 보고는 거름이 부족하다고 늘 타박이더니 아예 거름을 들고 왔다.

거름을 옮겨놓고 돌아서니 바람이 다르다. 며칠 전만 하여도 찬바람이 무섭게 불었는데 볼에 스치는 바람이 솜털처럼 간지럽다. 그 바람이 집 밖으로 나가자며 잡아끄는 통에 호미곶 바닷길로 나갔다. 집에서 바다로 난 오솔길을 따라 3분이면 바

152

다다. 해안을 따라 천천히 봄기운을 싣고 오는 바람과 함께 걸었다. 바다도 해바라기 하는 고양이처럼 고요하다. 봄날은 어제 다르고 오늘 다르다더니 영해 표지점이 있는 그 길에는 엊그제까지만 하여도 거의 지나는 사람이 없었다. 잘 알려지지도 않았지만 바람이 거친 곳이기 때문이었다. 그런데 둘레길을 따라온 사람들이 눈에 띄게 많아졌다. 모두 낯설지 않다. 봄의 손짓을 마다하지 못한 사람들이기 때문이리라.

고석초 짬, 갯바위에 이르자 할머니 몇 분이 장화를 신고 물에 엎드려 있었다. 갯바위에서 무언가를 뜯고 있었다.

"할머니, 뭐하세요?"

호기심을 누르지 못하고 일하는 분들을 성가시게 했다. 허리를 펴는데 이웃 해녀 할머니였다.

"바람 쐬러 나왔구먼. 김도 뜯고, 톳도 따고, 미역도 건지지."

할머니 걸망 배가 벌써 불룩했다.

"아직 물이 찰 텐데요."

"아니야. 따뜻해. 어디 손 넣어 봐."

그 말에 나는 얼른 손을 물에 담가 보았다. 소름이 돋을 만큼 차게 느껴지지는 않았다. 바다는 그 차가운 겨울바람 속에서도 푸른 해초들을 길러냈던 것이다. 그러고 보니 바닷물 위로 모자반 공기 주머니가 낚시찌처럼 올라와 있었다. 해안 끝까지 걸어갈 수도 있겠다는 생각을 달래며 집으로 돌아왔다.

텃밭을 둘러보는데 잡초가 제법 자라 있었다. 뽑아내고 싶지 않았다. 그 녀석들도 봄 햇살을 만끽하며 제 나름 삶의 환희를 즐기게 하고 싶었다. 이웃 할머니들에게 또 타박을 들을 것만 같아서 혼자 풀썩 웃었다. 그때 일을 마치고 지나가던 해녀 할머니가 나를 불렀다.

"이것 먹어 봐요. 향긋할 게야."

햇미역 한 줌을 건네주었다. 봄 바다 향기가 가슴 가득히 안겨왔다. '봄날이 오면 뭐 하노 그쟈.' 우리 모두는 세상일에 몰두하느라 서로 '너무 멀리 떨어져 있는' 것은 사실이다. 연락도 잦지 않다. '그래도 우리 맘이 하나가 되어 암만 날이 가도 변하지 않으면 조금은 외로워도 괜찮다 그쟈.' 이렇게 마음 나누는 봄을 맞이할 수 있으니까.

작은 꿈 하나

땡감나무

    호미곶에 있는 내 작업실 앞에는 나이 지긋한 감나무 한 그루가 있다.

    이사한 첫날, 마주 선 늙은 감나무를 보니 왠지 기분이 좋았다. 마음씨 좋은 이웃처럼 푸근한 느낌이었고, 슬며시 가을에 대한 달콤한 기대감도 갖게 하였다.

    이듬해 봄이 되자 감나무는 일찌감치 연두색 순을 띄우더니 노란 꽃을 피웠다. 과연 감은 어떤 모습일까? 내 생각은 벌써 가을날 빨갛고 달콤한 감을 상상하고 있었다. 그런데 봄이 짙어지고 감이 달리면서 뭔가 조짐이 안 좋아 보였다. 감이 굵어질 낌새가 보이지 않았다. 단감 모습과도 영 거리가 멀었다. 그야말로 쓸모없는, 돌감에 가까운 땡감이었다. 그래도 그늘은 좋겠거니 생각했는데 여름이 되었지만 그늘을 즐길 수 없었다. 감나무는 자리 하나 펼 수도 없는 돌담 짬에 있었다. 돌덩이들이 거칠어서 발 디디기도 힘들었다. 더구나 모기까지 잉잉대는 바람에 들어갈 엄두조차 내지 못했다.

감나무에 대한 즐거운 기대는 완전히 무너지고 말았다. 오히려 가을이 되자 바람이 불 때마다 잎을 떨어뜨렸다. 잎은 왜 그리 많은지 근처 텃밭까지 어지럽게 만들었다. 밉다고 하면 미운 짓을 찾아가며 한다더니 가지가 꺾어지고 나뭇잎이 떨어지면 고스란히 돌덩이 사이로 들어가서 그 일대는 늘 지저분했다. 청소를 해도 울퉁불퉁, 삐죽삐죽한 돌밭까지 깨끗하게 치우기는 어려웠다.

감나무를 다스리고, 매실나무를 심으면 좋겠다는 생각을 하게 되었다. 봄에 활짝 피어나는 꽃도 좋지만 꽃 진 자리에 달릴 매실은 작업실을 더욱 밝게 할 것 같았다. 내친김에 담벼락을 따라 유실수를 여러 그루 심었다. 호두, 석류, 대추, 블루베리 등을 사다가 종류별로 줄을 맞추어서 심었다. 그런데 호미곶은 바람이 불지 않는 날이 손꼽을 정도다. 바람에 적응하지 못한 이 나무들은 샛바람이라도 불고 나면 꽃은 고사하고 잎까지 새카맣게 말라버렸다. 다시 싹을 틔우고, 잎을 만들고, 열매 맺는 시늉만 하다가 가을을 맞았다. 그런데 땡감나무는 신기하

157

게도 그 바람을 견디며 감을 지켜내고 있었다. 그런 모습을 올려다보면서 쓸 데 없는 일에 용쓰고 있는 것만 같아서 핀잔을 주곤 했다. 땡감나무는 나의 핀잔과 무시를 뚫고 작고 야문 열매들을 조롱조롱 매달고는 발갛게 익혔다.

겨울이 오고 작업실 창에 고드름이 달릴 무렵이었다. 감나무는 기다렸다는 듯이 활짝 가슴을 열고 손님을 불렀다. 개구쟁이 참새, 목소리가 예쁜 박새, 깃털이 어여쁜 딱새, 수다쟁이 직박구리가 수시로 들락거리며 감을 먹었다. 감나무는 아무도 가져가지 못하도록 못난 감을 매달았다가 고이고이 익혀서는 배고픈 겨울 새들을 위하여 마음껏 내어주고 있었다. 감나무는 자신에게 주어진 몫을 단단히 하고 있었다.

쓸모의 기준을 나에게 맞추어 왔던 내 생각이 부끄러워졌다.

땡감나무!

세상에는 쓸모없이 존재하는 생명이 하나도 없음을 다시 한 번 깨닫게 해 주었다.

구름 낀 한가위

올해도 어김없이 한가위는 다가오고 있다.

올 추석 연휴에는 비 소식은 없지만 전국이 구름 낀 날씨일 거라고 한다. 기상청은 주간 일기예보를 통해 전국이 고기압의 가장자리에 들어 구름이 많겠다고 했다. 말 그대로 구름 낀 한가위가 될 것 같다. 어저께 모 신문은 한산한 죽도시장 모습을 1면에 담고는 소상인들의 어려움을 보여 주었다. 어디 소상인 뿐이랴. 가난한 서민들의 살림살이와 그 곤궁한 마음자리를 사진으로 보여주는 것만 같아서 가슴이 먹먹해 왔다.

이런 우리네 현실과는 달리 들녘에서 벼들이 연출하는 빛깔만은 눈부시게 곱다. 예년에 볼 수 없을 만큼의 풍년이라고도 한다. 울긋불긋 물드는 단풍 색깔이 더하여 산천은 그야말로 가을빛으로 젖어가고 있다. 한가위에는 먹지 않아도 배가 부르다는 옛말을 실감하게 되는 풍경이다.

추석을 다른 말로 중추절이라고도 한다. 가을 석 달을 초추, 중추, 만추로 나누어 부르던 데서 비롯된 것으로 음력 8월이 가을 석 달 가운데 들었으므로 자연스럽게 중추절이라고 했단다. 가장 가을답다는 말이 아닐까.

또 가배라고도 했는데 역시 음력 8월 보름은 대표적인 우리의 만월 명절이므로 '가운데'라는 뜻을 지니고 있으며, 또한 '갚는다'는 뜻으로도 쓰였음으로 보아서 신세를 진 사람이나 자연, 조상, 하늘을 생각했던 것으로 해석해 볼 수도 있다.

이 이야기는 바로 김부식이 쓴 《삼국사기》에 기록된 것이다. 유리이사금 조에 의하면 '왕이 신라를 6부로 나누었는데 왕녀 2인이 각 부의 여자들을 통솔하여 무리를 만들고 7월 16일부터 매일 모여서 길쌈을 하도록 하였다. 8월 보름에 이르러서는 그 성과의 많고 적음을 살펴 진 쪽에서 술과 음식을 마련하여 승자를 축하하고 가무를 비롯하여 각종 놀이를 하였는데 이것을 가배라 하였다.'

그러니까 신라 3대 유리왕은 왕위에 오른 지 10년 가까이 되었지만 이주민의 대표로 짐작되는 석탈해 세력이 강력한 철기 문화를 앞세워 왕권을 다툴 만큼 아직 신라 왕실은 자리를 잡지 못하고 있었다. 여섯으로 나뉜 부족이 제 목소리를 망설임 없이 드러낼 정도로 아직 나라의 틀도 제대로 갖추어지지 않았던 모양이다. 그런 만큼 백성들의 국가공동체 의식도 두텁지 않았다. 이에 왕은 백성들의 일체감 조성을 위하여 6부촌 부녀자들에게 길쌈대회를 열도록 했다. 두 왕녀를 양쪽 우두머리로 하여 부녀자들 역시 둘로 나누어 칠월 열엿새부터 팔월 보름까지 한 달간 길쌈대회를 열었다. 부녀자들은 왕의 명에 따라 매일 아침부터 을야(하룻밤을 다섯으로 나누었을 때 둘째 부분인데 밤 9시에서 11시 사이)까지 길쌈을 하였다.

이윽고 중추의 보름달이 떠오르면 6부촌의 부녀자들은 그간 길쌈한 천을 들고 서라벌로 모여 들었을 것이다. 왕이 보는 앞에서 승부가 갈리고, 진 쪽은 그 벌로 맛있는 음식을 장만하여 이긴 쪽을 대접하였다. 물론 이긴 편은 진편을 위로하고 음식을 나누면서 한 마당 잔치가 달밤에 벌어졌을 것이다. 신라에서는 바로 이 어울림의 잔치를 가배라고 불렀다. 밝은 달빛 아래 펼쳐지는 잔치, 얼마나 흥겹고 신명났을까.

이 풍습은 계속 이어져서 오늘에 이르게 되었다. 유리왕에게는 민심을 하나로 묶어가는 절호의 기회이자 백성에게는 공동체 의식을 쌓아가는 축제가 되기도 했을 것이다. 그래서 추석은 "나눔과 갚음, 어울림"의 명절이라고 할 수 있다.

정권이 바뀔 때마다 경제, 그놈의 경제 발전을 내세우고 있지만 국민들이 느끼는 만족도는 늘 바닥이다. 오히려 기대에 미치지 못하는 만큼 실망감이 커지기 마련이다. 그래서 원망과 탄식, 불만이 반복되는 꼴이다.

명절이 서민들을 달래는 나눔과 갚음의 자리로, 어울림의 시간으로 되었으면 참 좋겠다. 형제, 친척이 더욱 정겨워지고 이웃 사이에 인정과 나눔의 시간이 되었으면 좋겠다. 마음의 여유가 좀 더 있다면 한가위에는 '가배' '갚는다' 는 의미를 가장 윗자리에 놓았으면 한다. 내가 받아 누리는 큰 은혜를 그늘지고 소외된 이웃에게 대신 갚아가는 날이 되었으면 좋겠다.

기쁜 나눔

우리 지역 중심도로인 번영로가 불야성을 이뤘다. 동국대 병원에서 형산 로타리까지 그 넓은 길이 성탄 나무의 불빛으로 채워졌다. 역 광장에도 대형 크리스마스 트리가 세워졌다. 별 빛처럼 반짝이는 등은 지나는 사람에게 기쁨을 주고 있다. 어느 누구도 쓸데없는 일에 돈 쓴다고 탓하지는 않을 것 같다. 그래, 살다가 한번쯤은 마음껏 탄성도 질러보고, 환희에 젖어보는 것도 나쁜 일은 아니리라.

그런데 더할 수 없는 행복과 기쁨 속에서 안타까운 소식 하나가 우리를 슬프게 한다.

인근 도시의 한 가정집 장롱 속에서 다섯 살짜리 어린이가 숨진 채 발견되었다고 한다. 표준 체중에 극히 모자라는 몸무

게 5kg가량에 키도 88cm밖에 되지 않았으며, 영양실조로 인해 뼈가 앙상히 드러나 있었고 장기까지도 일반 어린이에 비해 모두 축소된 상태였다고 한다. 오랫동안 음식물을 먹지 못해 생기는 심각한 영양실조가 사망 원인이었다. 정신지체 어머니가 아이를 안고 음식을 얻으러 다녔지만 모두 외면했다고 한다. 그동안 배불리 먹고 마신 우리의 죄가 참으로 무겁고 무겁다는 사실에 가슴을 친다.

석가모니께서 기원정사에 계실 때, 어느 날 제자들과 성 안을 돌아보고 있는데. 길바닥에서 소꿉놀이 하는 아이들을 보게 되었다. 소꿉놀이는 어느 곳이나 마찬가지인 모양이다. 나뭇잎으로 반찬을 만들고, 흙으로 밥도 지으며 아이들은 놀이에 빠져 있었다. 석가모니께서 가만히 곁으로 가서 그들이 놀고 있는 모습을 바라보시며 환하게 웃었다. 한참 후에야 이를 알아챈 아이들이 석가모니에게 절을 하며 소꿉으로 지은 밥과 반찬을 나누어 드렸다. 석가모니께서 너무나 기쁘게 모래 밥과 나뭇잎 반찬을 받고는 그들을 축복했다고 한다.

"뭐가 그렇게 기쁘세요?"

의아해 하는 제자들에게 석가모니는 이르셨다.

"하찮은 것이라도 서로 나누는 것이 기쁨이요. 나눌 수 있는 마음이 자비이니라."

지난 5월, 부처님 오신 날에 두 개의 등 달기 운동을 벌이던 불교 청년들의 나눔 행사가 새삼 떠오른다. 하나는 자신을 위하여, 다른 하나는 어려운 이웃을 위하여 달았던 등의 의미를 크리스마스 트리에 얹어 본다.

올해의 크리스마스 트리는 평화와 나눔의 트리였으면 좋겠다. 각종 분쟁과 재난, 재해로 인한 고통에서 놓여나고, 가난과 병마의 걱정에서 벗어나 함께 마음을 나누는 사회가 이뤄지기를 기원하는 의미를 담았으면 좋겠다.

모든 생명체가 계절의 변화를 인식하며 진화해 왔다지만 사람만이 해와 달의 움직임에 따라 시간이라는 것을 운영해 왔다. 시간은 지나간 역사와 미래를 인간에게 주었으며 이를 통해 사람은 반성과 회한을 경험하고, 아울러 미래를 예측하며 삶을 꾸려가고 있는 것이다.

성탄이다. 올해 계획했던 일들이 지지부진했다면 다시 마음을 다져도 좋은 날이다. 화려한 번영로의 트리처럼 나와 우리 이웃의 마음에다 우아하고 환한 크리스마스 트리 하나씩 세웠으면 참 좋겠다. 그 가지마다 선물 담을 긴 양말도 걸어두고 우리 모두 복을 주고, 또 기다리는 재미에 푹 빠졌으면 좋겠다.

똥꽃

며칠 전, 존경하는 선배 한 분과 저녁을 같이 했다. 식사 중에 선배가 느닷없이 인간을 가장 인간답게 하는 덕목은 '효'라는 사실을 깨달았다며 이야기 하나를 들려주었다.

칠십 중반에 접어든 요즘 어두운 골목을 걷다가 문득문득 아버지 생각에 돌아서서 눈물짓는 일이 있다고 했다. 뿐만 아니라 아버지의 삶을 따라갔다면 참 행복했을 거라는 뒤늦은 후회가 든다고도 했다. 젊었을 때는 아버지의 사는 모습이 괜히 싫어서 일부러 다른 길을 걸었으며 웬만큼 돈도 만져보고, 지위도 누렸지만 돌이켜 보면 행복했다는 생각이 들지 않는다고 했다.

마치 미리 짜놓은 각본처럼 그 이튿날 귀농을 준비하는 후배를 만났더니 또 '효' 이야기를 꺼냈다. 여든이 넘은 노모를 모시는 같은 입장이었기 때문일까. 서로 나이 드신 어머니 이야기를 한참 동안 나누었다. 그는 아버지를 잘 모시겠다는 생각에 시골 계시던 분을 도시 아파트로 모셨던 일을 후회하고 있었다. 그래서 그때 그 실수를 반복하지 않으려고 시골에 땅을 마련하고 어머니를 모실 계획이라고 했다.

평생을 논밭에서 흙과 살아온 노인들에게 가장 자신 있는 일은 흙을 만지는 것이다. 흙을 만지고 농작물을 가꾸며 자신의 모습을 확인해 온 분들이다. 땅을 마주했을 때 가장 자신 있고 당당해질 것이다. 그런 노인에게 도시 생활은 낯설고 불안한 일이며, 끝내는 자신의 정체성마저 잊어버리게 했을지도 모른다. 어쩌면 살아있어도 온전히 살아있다고 느끼지 못하는 삶이었을 것이다. 한 인간으로서의 존엄이 아니라 관리 대상으로 전락해 버린 꼴이었으리라.

우리나라는 점점 늙어가고 있다. 2000년 이후 65세 이상 인구가 7%를 넘어서면서 고령사회에 진입했고, 2026년도에는 20%대로 진입할 전망이라고 한다. 열 사람 중에 두셋이 노인이라는 말이다. 점점 고령화가 진행되면서 노인들의 소득 불평등 또한 확대되고 있다. 더욱이 노인의 소득 불평등은 학대

167

로 이어지고 있다. 전국 24개 노인보호전문기관에서 발표한 '2013 노인 학대 현황 보고서'에 의하면 지난해 노인 학대 신고 건수가 1만162건으로 하루 평균 27.8건인 것으로 조사됐다. 발생장소는 가정 내 학대가 2,925건으로 83.1%를 차지하고 있다. 보고서에 의하면 가족에게 학대 받는 노인의 대부분이 빈곤층이라고 한다.

노인 빈곤에서 이어지는 학대는 우리 사회가 해결해야 할 과제이다. 그러나 해결책으로 제시되는 노인복지 재원의 확보나 노인복지법의 개정만으로는 학대 방지 및 예방을 포함한 노인 복지에는 한계가 있다.

이야기 끝에 후배가 권하던 전희식의 《똥꽃》을 읽었다. 책을 읽는 내내 마음이 불편했다. 우리 사회가 노인에게 저지르는 무례와 무시를 일깨워 주었으며, 팔순 노모를 대하는 나의 불효를 꾸짖는 내용 때문이었다. 치매는 우리가 그들의 존엄을 무시하고, 그들의 경험과 말에 귀 기울이지 않기 때문에 일어난 병이며, 치료할 수 없는 게 아니라 온전히 그들의 말을 들어주고 그들의 자존감을 지켜줄 때 고칠 수도 있다는 것을 일깨워 주고 있었다.

노인복지는 노인이 인간다운 생활을 영위하면서 자기가 속한 가족과 사회에 적응하고 통합될 수 있도록 필요한 지원과 서비스를 제공하는 데 관련된 공적 및 사적 차원의 조직적 제반 활동이라고 정의하고 있다. 이런 긴 개념 정의에 앞서서 우리 사회는 노인은 단순히 관리 대상이라는 인식부터 바꾸어 나갈 필요가 있다.

치매 어머니가 벽에 칠해 놓은 것은 똥이 아니라 어렵고 힘든 세월 끝에 피어 난 꽃임을 알아챈 놀라운 저자의 눈, 그것이 바로 치매를 치유하는 명약이었다.

명함

요즘은 누구나 명함을 갖고 다닌다. 인사를 나누고 서로 명함을 건네는 게 일반적인 인사법이 되었다.

나는 얼마 전까지만 해도 명함이 없었다. 이름을 박아 다닌다는 게 왠지 쑥스러운 느낌이 들었기 때문이었다. 다양한 사람을 만나는 것도 아니고, 나를 드러내야 할 필요성도 느끼지 못해서 만들지 않았다. 지금은 명함을 가지고 다니지만 건네는 건 여전히 어색하기만 하다.

모임이나 행사장에서 낯선 사람과 인사를 나누고 상대의 명함을 받기만 하였다. 그게 실례라는 생각도 하지 못했다. 그러나 그런 일이 잦아지면서 어느 날부터 미안하다는 생각이 들기 시작했다.

어느 날 친한 출판사 편집자들과 저녁자리에서 그런 이야기를 했더니 내 동화《순둥이》를 펴낸 출판사에서 명함을 만들어 선물로 주었다. 그 동화집의 캐릭터인 예쁜 강아지 삽화를 바탕으로 이름과 전화번호만 적힌, 그야말로 가장 간략한 명함이었다. 명함을 갖게 된 다음부터 낯선 사람과 인사를 하고는 명함을 받고 또 건넸다. 그런데 명함을 받은 사람은 꼭 한 마디씩 했다. '명함이 참 예뻐요. 애견 숍 하세요?' 웃으려고 하는 말이지만 강아지가 그려진 명함을 받으면서 예쁜 강아지를 선물 받은 것처럼 좋아했다. 나중에 만나도 '아 그때 강아지 명함!' 하면서 반갑게 손을 다시 잡아 주기도 했다. 연락처와 하는 일을 알리는 명함 효과를 톡톡히 보고 있는 셈이다.

며칠 전, 모 연구소 모임에 참석하였다. 선배 한 분이 행사장에 갔다가 받은 명함이라며 고개를 갸웃거렸다. 무슨 명함이 마치 이력서 같다는 이야기였다. 명함을 받아서 들여다보니 이력서도 그런 이력서가 없었다. 명함 앞뒤에 빡빡하게 적어놓은 소개들이 쓴웃음을 짓게 했다. 마치 일자리를 구걸하는 사람처럼, 자기를 포장하려고 몸부림치는 모습을 보는 것만 같아서 씁쓸했다.

명함은 처음 만난 사람에게 자신의 신상을 간략하게 알리기 위한 것이다. 그래서 보편적으로 성명, 연락처, 현재 하고 있는 일 따위를 적는다. 표를 모아야 하는 정치인들의 명함은 예외로 친다 하더라도 이력을 지나치게 나열해 놓은 명함을 보면 오히려 믿음이 가지 않는다.

명함은 중국에서 유래되었다. 아는 사람을 찾아갔는데 상대방이 없으면 왔다갔음을 알리기 위하여 이름과 머물고 있는 연락처를 적어서 문간에 꽂아 두었던 것이 그 시작이다. 짧은 연락처 정도를 적는 게 자연스러우며 일반적이라는 말이다. 마치 이력서처럼 적어놓는 것은 상대를 당황스럽고 부담스럽게 만든다.

명함에 대한 조사 보고서를 보면 재미있는 문항이 있다. 젊은 사람들은 개성을 부각시키기 위해 독특한 명함을 직접 만들기를 좋아한단다. 심지어 먹을 수 있는 명함도 등장하였다고 한다. 또 지위가 높을수록 글자 수가 적은 명함을 가지고 다닌단다, 즉 이름만 적어 다니는 경우가 많다는데 이는 그만큼 당당하다는 의미로 받아들여도 되겠다. 이런저런 이력을 가득히 나열한 명함을 내미는 사람은 별 볼일 없거나 허황된 사람일 가능성이 많다고 한다. 사건사고 기사에 등장하는 가짜 명함도 그 중 하나일 것이다.

선거가 끝나면 꼭 등장하는 게 명함에 허위경력을 기재하여 선거법을 위반했다는 기사이다. 거짓이나 부풀려진 내용으로 명함을 도배한 사람은 스스로 자신 없거나 정직하지 못함을 알리고 있는지도 모른다.

바야흐로 봄, 결혼의 계절

얼마 전에 인기 상종가를 치던 한 여자 탤런트가 유망한 사업가와 결혼했다는 기사가 스포츠 신문마다 1면을 장식했다. 선남선녀가 짝을 이루어 행복한 가정을 꾸민다는 사실은 하느님의 창조 사업을 이어갈 수 있는 바람직한 일이 아닐 수 없다. 그러므로 결혼하는 남녀는 많은 사람들의 축하와 축복을 받아 마땅한 일이다.

그런데 이들의 결혼 기사를 보면서 좀 의아함과 뒤이어 씁쓸함을 떨쳐 버릴 수가 없었다. 기사 가운데에는 주례와 사회자, 축가 등 유명 인사들의 이름이 굴비 엮듯이 줄줄이 나열되어 있다. 결혼 퍼레이드며, 초호화판 결혼식장하며, 술자리도 아닌 신혼여행 1차, 2차에 궁전처럼 꾸며진 신혼집까지. 서민들의 기를 죽이려고 작정한 것만 같았다. 하기야 워낙 이런 일을 많이 보며 사는 세상인지라 우리 같은 서민들은 딴 세상 이야기로 치부해야 병이 나지 않을 지경이다.

아직 20대인 이들이 어떻게 그 많은 돈을 마련했으며, 그런 호화판 삶에 젖어서 어려운 사람들에 대한 시각이 어떻게 형성되었을지 자못 궁금하다. 쓸데없는 걱정이라고 나무랄지는 몰라도 점점 벌어지는 경제적인 격차와 그에 따른 계층 형성은 사람의 가치까지 달리 평가하게 될는지도 모른다.

이런 결혼 모습이 담긴 기사를 보면서 취업을 못한 젊은이나 비정규직이라는 불안 속에 살아가는 노동자들, 알바로 하루하루를 이어가는 가난한 이들은 어떤 생각을 할까. 돈도 능력이라며 가난한 부모를 원망하라고 당당하게 소리치는 사람도 있단다. 존중과 배려가 남의 이야기로 들리는 이런 나라에서 살고 싶은 젊은이들이 과연 몇이나 될까.

취업을 하지 못하여 결혼이 늦어지고, 집이나 혼수 비용을 마련하지 못하여 결혼을 생각조차 하지 못하는 젊은이들이 늘고 있다. 결혼을 포기하는 젊은이들의 문제는 단순히 그들만의 문제로 끝나지 않는다. 끝내 인구절벽이라는 국가적인 문제가 되고 있다.

이제 대한민국의 요상한 결혼문화를 꼬집지 않을 수 없다.

마치 유럽의 성처럼 치장된 조악한 웨딩홀에서 축의금 봉투를 전하고, 혼주와 눈도장을 찍고는 식당 앞에서 줄을 서는 게 우리네 결혼식 풍경이다. 겉은 화려하지만 속은 빈 강정 꼴이다. 진심 어린 축하와 축복, 함께 정을 나누는 잔치마당은 옛이야기가 되고 말았다. 하객들은 신랑, 신부의 모습에는 아예 관심도 없다. 오직 내가 왔으니 다음에는 당신이 내게 와야 한다는 품앗이 개념으로 전락하고 말았다.

결혼식이 이렇게 사랑, 축복 대신 겉치레로 치닫다 보니 이혼율이 OECD 국가 중 최고를 달리고 있는 것은 아닐까.

지난 설날 아침, 우리 지역에서 가정불화로 인한 사고가 있었다. 그 원인은 단 하나였다. 젊은 부부 사이에 결혼에 대한 서로 간의 신뢰가 무너졌기 때문이었다. 마음보다 겉모습만 보고 만난 결과였다. 서로에 대한 불신이 원망으로 이어지다가 급기야 가장 사랑해야 될 사이가 서로를 해하게 된 것이다.

결혼 비용은 점점 늘어만 가고 있다고 한다. 빚으로 장만한 살림살이가 낡아가듯이 부부의 신뢰가 점점 빛바래지는 것보다 결혼 후에 부부가 함께 하나씩 살림을 마련해 가는 게 더욱 정겨울 거라는 생각이 든다.

바야흐로 봄. 결혼의 계절이다. 결혼식장과 혼수가 화려한 결혼식보다 신랑 신부가 아름다운 그런 결혼식을 보고 싶다.

손에 손 잡고 달맞이 가요

생각만 해도 배가 부르다는 한가위, 추석이다. 〈농가월령가〉에는 햇곡식으로 빚은 술인 신도주, 햇밤, 햇참깨, 햇콩을 속에 넣은 신도송편, 박나물, 토란국을 추석의 시식이라 했다. 어디 이뿐이랴. 추석 때는 무엇보다 오곡이 풍성하므로 다양한 음식이 나온다. 5월 농부 8월 신선이라고 했던가. 우리 조상들은 오뉴월 염천에서 땀 흘려 가꾸어 거둔 햇곡식과 햇과일로 조상들에게 차례를 지내고, 이웃들과 서로 나누며 가을을 만끽하였다. '일 년 열두 달 365일 더도 덜도 말고 한가위만 같아라.'라는 말처럼 부자와 가난한 사람 할 것 없이 떡과 술을 빚어 정을 나누었다.

우리에게 잘 알려진 〈추석〉이라는 동요에서도 즐겁고 인정이 넘치는 우리들의 모습을 만날 수 있다.

팔월에도 추석날은 즐거운 명절
밤 먹고 대추 먹고 송편도 먹고
팔월에도 추석날은 달이 밝은 밤
손에 손을 잡고서 달맞이 가요

최근에 알려진 〈추석 송편〉이라는 동요에도 추석은 서로
어울려 살아가는 우리 민족의 아름다운 명절임을 알려준다.

호박달이 익어 익어 / 동산 위에 둥실 뜨면 / 온 가족이 둘러앉
아 / 송편을 빚는다 / 햇밤, 햇콩, 햇참깨 / 맛도 좋고 정도 담뿍
담뿍 담아 / 앞산 솔 숲 위에 놓고 / 탐스런 가을을 찐다. / 모락
모락 연기 속에 / 농악대가 돌아간다 / 조상님의 뜨락에 / 정 넘
치는 추석 송편.

그러나 조병화 시인의 〈아파트의 추석 달〉은 왠지 쓸쓸하다.

아파트 창 너머 추석달이 차다 / 싸늘하다 처량하다 쓸쓸하다 /
멀리 허공에 떠서 혼자 돌아선다./ 잃은 것 다 잃고 / 벗을 것 다

벗고 / 알몸으로 돌아서서 ⋯.

공동체 의식이 사라진 오늘날 우리네 모습을 너무 정확히 꼬집어 주는 것만 같아서 할 말을 잃게 된다. 이런 쓸쓸함은 오늘날만의 일이 아니었다. 그 어느 때라도 가난한 사람들의 명절은 더욱 쓸쓸하기 마련이다.

일제 강점기의 소설가 이태준은 1929년 〈슬픈 명일 추석〉이라는 동화를 발표했다. '명일 옷감을 끊어다 주실 아버지도 돌아가셨고, 맛난 음식을 차려 주실 어머니까지 벌써 옛날에 돌아가신' 을손이와 정손이의 슬픈 추석을 그려 놓았다.

부모가 없어서 작은집에 더부살이를 하는 열세 살의 형 을손이와 아홉 살 정손이. 이들이 받는 구박은 그 아이들만의 몫이 아니라고 이태준은 말하고자 했다. 추석날 아침, 정손이는 숙모의 다리미질을 도와주다가 실수하는 바람에 손등을 지지는 모진 구박을 받게 된다. 결국 둘은 쫓겨나게 되고 뒷동산에 있는 엄마 산소로 올라간다. 그 아이들이 할 수 있는 일은 무덤 곁에서 서럽게 우는 것밖에 없었다. 밤이 되어서야 을손이가 몰래 집으로 들어가서 바가지에 송편이며 지짐을 가득 담아서 산으로 올라간다. 그런데 잠들어 있던 정손이가 보이지 않는다. 을손이는 정손이를 찾아서 깊은 산속으로 들어간다. 들리는 것은 늑대의 울음소리. 엄마 산소 앞에는 떡 바가지만이 달빛을 받으며 그들을 기다리고 있었다는 이야기다.

일제 강점기의 무서운 가난이, 인색해진 인심이, 왜소해진 나눔이 어린아이들을 늑대 울음 속으로 내몰고 있었던 것이다.

이런 일은 오늘날에도 계속되고 있다. 추석을 며칠 앞두고 어머니가 암으로 수술과 치료를 받느라 전라도 외가에 가 있던 아이가 6개월 만에 돌아왔다. 그 어머니가 치료가 끝나서 돌아온 게 아니라 어머니가 숨을 거두는 바람에 제 학교로 왔다. 가뜩이나 잘 우는 아이가 교실로 들어서면서 내 얼굴을 보더니 울먹이기부터 하였다. 무슨 말이 필요하랴. 그냥 안고 등만 토닥였다. 둘러선 아이들도 우는 친구를 보며 말이 없었다.

추석에는 객지에서 떠돌던 식구들이 다 고향에 모이기 마련이다. 그동안 나누지 못했던 이야기를 주고받을 수 있는 시간이 있고, 서로의 안위를 확인할 수 있는 기회이다. 또 어린아이들은 집안 어른들 앞에서 집안 전통을 익히는 계기가 될 수도 있을 것이다.

아울러 이웃의 존재도 인식하는 기회를 가졌으면 좋겠다. 요즘 아이들에게는 이웃이라는 개념이 없다. 이웃이 굶던, 아프던 관심이 없는 게 오늘날 젊은 세대들이다. 즉 내 이웃에 사람이 살고 있음을 알지 못하고 살아간다면 지나친 표현일까.

나 이외의 다른 가족, 나 이외의 이웃이 존재하고 있음을 알고 이들을 인정하고 존중할 줄 아는 교육도 추석 명절을 통하여 이루어져야 한다고 본다.

추석의 의미에는 조상과 자연에 대한 감사와 그 은혜 갚음이 포함되어 있었다. 그러나 우리의 추석은 〈아파트의 추석달〉이나 〈슬픈 명일의 추석〉처럼 그냥 음식이나 먹고 우리끼리 하루를 즐겁게 보내고 마는 슬픈 날로 변질되어 가고 있다.

올해 추석은 우리 조상들이 그랬던 것처럼 어려운 이웃과 '손에 손을 잡고서 달맞이 가는' '앞산 솔숲 위에 송편을 놓고 탐스런 가을을 찌는' 그런 추석이 되기를 빌어본다.

작은 꿈 하나

영화를 자주 보는 편이다. 처음에는 글을 쓰는 데 도움이 될 것 같아서 영화관을 들락거렸는데 도움이 되었는지는 모르겠는데 영화 보는 게 습관이 되고 말았다. 시간이 많이 빼앗기는 것 같아서 걱정이었는데 이를 눈치 챈 아들, 딸이 집에서 영화를 볼 수 있도록 화면 큰 텔레비전을 선물해 주었다. 그런데 정작 장비를 마련해 둔 뒤로는 영화를 생각만큼 자주 보지 않게 되었다.

영화를 자주 본다고 하면 어떤 이는 어떤 장르의 영화를 좋아하냐고 묻는다. 그런데 특별히 좋아하는 장르도 없이 닥치는 대로 보는 편이다. 그러니까 잡식성이다. 그래서 간혹 영화 이야기를 나누다가 제목과 내용이 헷갈려서 엉뚱한 이야기를 하는 바람에 핀잔을 듣는 일도 종종 있다.

그런데 영화를 보면서 느낀 것인데 영화 전편이 생생히 기억되는 영화가 있는가 하면 간신히 줄거리만 기억되는 영화가 있다. 어떤 영화는 제목까지 까맣게 잊어버리는 것도 있다. 그런가 하면 전문가의 평가인 별표의 개수를 떠나서 장면, 장면이 작은 떨림이 되어 오랫동안 내 가슴을 떠나지 않는 영화도 여러 편 있다. 즉 다른 사람에게는 별 감흥이 없었다는 평가지만 나에게는 특별한 영화였던 셈이다. 개인적인 체험에 따른 결과라고 나름 해석을 달아보기도 한다.

어제 '마더 데레사'라는 영화를 보았다.

'성녀' '빈자의 어머니'로 불리는 테레사 수녀의 일대기를 그린 전기 영화였다.

영국의 식민 통치가 끝나가던 1940년대 말 인도는 힌두교와 이슬람교 사이의 종교 분쟁에 휩싸여 있었다. 이야기의 중심지인 캘커타는 범죄가 극에 달했으며, 권력자들의 횡포는 가난하고 힘없는 사람들을 죽음으로 내몰았다. '가장 미소한 사람 안에 계신 하느님'을 위해 일하기로 결심한 테레사 수녀는 바로 그곳에서 봉사와 희생의 삶을 꾸리셨다. 영화는 사랑을 몸소 보였던 테레사 수녀의 흔적을 찾아가는 이야기였다.

세 시간짜리 TV영화로 제작되었던 것을 스크린 버전 110분으로 편집하였기 때문에 감각이 느린 내가 따라가기에는 비약이 심하고, 이야기 흐름이 끊어지는 등 아쉬운 점도 있었다. 그러나 이 영화는 그 이름만으로도 충분히 의미 있고 감동적이었다.

아울러 영화적인 요소가 생략된 아주 전형적이고 평면적인 구성이었다. 그래서 재미가 없었다는 말은 아니다. 구성의 평범함이 오히려 내게 수없이 많은 의문과 대답을 요구했다. 그래서 더욱 다가갈 수 있었다. 우리에게 널리 알려진 몇 가지 테레사 수녀의 일화들이 두어 차례 손수건을 꺼내 들게 만들기도 했다.

어쩌면 우리는 우리의 일상 속에서 지극히 평범하고 자연스러워야 할 신앙의 길을 잊고 있는지도 모른다. 다른 사람은 몰라도 최소한 나는 그렇다.

대사 중에서 "힌두교인이든, 무슬림이든, 기독교인이든 누구든지 들어올 수 있다" "그러나 사랑해야 합니다"는 부분은 경도되고 경직된 이념 속을 헤매는 나를 마구 흔들었다. 나를 모두 버린다는 것, 가난한 이웃의 삶에 관심을 갖는다는 게 쉬운 일은 아닐 것이다. 어쩌면 일생 동안 우리가 익혀온 사상적, 종교적, 선과 악에 관한 사색을 모두 쏟아 버려야 할지도 모른다. 언제 읽었는지 기억도 가물가물한 《카라마조프가의 형제들》에서 도스토예프스키는 맏형인 드미트리의 입을 빌려 인간

184

의 마음이란 '악마와 신의 싸움'이라고 했다. 그때 나는 사랑을 베풀기 위해서는 신이 승리해야 한다는 의미로 받아들였다. 선과 악의 투쟁도 결국은 인간 내면에서 일어나는 사랑하려는 힘과 사랑하지 않으려는 힘의 대결이라는 이분법으로 보았다. 이웃에 대한 소박한 관심도 쉬운 일은 아닐 것이다. 우리 주변에는 좋은 이웃, 좋은 친구만 있는 게 아니다. 도를 넘는 억지와 이기적인 행태를 버젓이 저지르는 사람들이 어쩌면 더 많은 지도 모른다. 차라리 외면하고 싶을 때도 많다. 그래도 사랑해야 한다는 데는 할 말을 잃고 만다.

그래도 올 한해는 작고 아름다운 꿈 하나를 일구어 보아야겠다. 이기적이고 모든 일에서 적극적이지 못하지만 가난한 이웃에게 따뜻한 가슴을 내어 주는 일을 한번 해 보아야겠다. 테레사 수녀님의 흉내라도 내보고 싶다.

작은 깨달음

신록이 꽃보다 아름답다는 말이 오히려 진부하게 느껴진다. 가녀린 연둣빛 생명의 표징들이 산천을 덮고 있다. 차라리 그건 아름답다기보다 경이롭고 신비스럽다.

온통 짜증스런 이야기로 도배가 된 신문과 인터넷 기사들을 접고 밖으로 나가서 텃밭을 돌아본다. 겨울바람이 매섭게 몰아쳤지만 나뭇가지는 아이들의 손가락 마디만 한 새순을 달고 있다. 아직 이랑 다듬기조차 하지 않은 밭에는 풀들이 이미 제자리를 잡고서 세력을 넓혀나가고 있다.

초목들은 저마다 시간을 읽고 때에 맞추어 제 할 일을 챙겨가고 있는데 우리는 봄이 오고 있건만 편 가르기에만 매달려 있다는 느낌이다. 북핵 문제, 전쟁과 테러, 구제역, 사드 등 어느 것 하나 우리 스스로 해결하지도 못하면서 모두가 책임 공방에만 열을 올리고 있다. 시골이라고 다를 게 하나도 없다. 전국이 똑같은 텔레비전 앞에 앉아서 같은 주제를 들여다보고 있으니 그럴 수밖에 없다. 음식점에서 다양한 메뉴보다 자장면 하나로 의기투합하듯이 우리의 프로그램 시청 통일은 세계 어느 나라에도 이런 통일이 없을 것만 같다. 정작 챙겨야 할 기본적인 일은 뒷전이고 불거지는 시사 문제에만 우르르 몰려다니는 행태도 그렇다.

밭일을 하겠다는 생각도 없이 그냥 삽으로 땅을 뒤집는데 이웃이 지나가다가 인사 삼아 한마디를 했다. 울타리만 없으면 기계로 한 바퀴 돌려주겠건만 울타리 때문에 난감하단다. 삽 한 자루로 일하는 모습이 안쓰러웠던 모양이다. 나는 허허허 웃어 넘겼다. 내 텃밭은 기계를 들여야 할 만큼 큰 밭이 아니고 삽과 호미만으로도 충분히 해결할 수 있기 때문이었다.

나는 처음부터 삽과 호미만으로 농사를 짓기로 하였다. 좁기도 했지만 작물 하나하나를 좀 더 가까이에서 보고 만지며 느끼고 싶었다. 그러나 농사를 전문으로 하는 이웃이 보기에는 내가 하고 있는 모습이 많이 어설퍼 보였던 모양이다. 물론 평생 농사로 삶을 꾸려온 그들과는 입장이 달랐다. 나의 텃밭에서는 생산도, 그에 따른 수입도 문제가 되지 않았다. 채소들이 자라는 모습을 들여다보는 재미와 땀날 만큼의 노동이 내 농사의 전부라는 말이 차라리 맞는지도 모른다.

이웃 농부가 지나가고 문득 옛이야기 한 토막이 생각났다.

장자의 천지편에 나오는 이야기다. 공자의 수제자인 자공이 농부에게 한 수 가르치려다가 망신당하는 장면이다. 자공이 초나라 여행을 마치고 진나라로 돌아오다가 밭일하는 한 노인을 보게 되었다. 자공이 보기에는 그 노인의 일하는 모습이 매우 비효율적이었다. 땅에 굴을 파고 깊이 들어가서 항아리로 물을 퍼 나르고 있었다. 애쓰는 만큼 능률이 오르지 않았다. 자공이 보다 못해 말했다. "밭에 기계를 들이면 하루에 백 이랑이라도 물을 줄 수가 있을 것이요. 작은 수고로 큰 효과를 얻을 수 있을 것인데 당신도 그렇게 해보시지요." 하고 권했다. 물을 나르던 노인이 고개를 들어 그를 보며 말했다. "그 기계가 어떤 것이요?" 자공이 대답을 했다. "나무에 구멍을 뚫어서 만드는 것인데 아주 쉽게 물을 길을 수 있는데 그 이름을 두레박이라 하지요." 그 말을 들은 노인은 순간 얼굴이 붉어지더니 이내 미소를 지으며 말했다. "내 스승에게 들었소만, 기계가 있으면 반드시 기계를 쓰게 되고, 또 그 기계에 마음이 사로잡히게 되지요. 그런 마음이 가슴 속에 차게 되면 순백한 것이 없어지게 되고 순백한 마음이 사라지면 신묘한 정신이나 본성이 안정되지 않게 된다오. 천성이 안정되지 않으면 도가 깃들 수 없다는구려. 내가 두레박을 몰라서 이러고 있는 것이 아니라오. 도에 대하여 부끄러워서 쓰지 않을 뿐이요."

이야기는 아주 오래전에 이미 세상의 편리함만을 좇아가는 모습을 꾸짖고 있다. 몸을 움직이는 일에 게으르고, 머리로 잔꾀만 늘어놓고, 남의 탓을 일삼고, 자기중심의 생각으로 다른 이를 간섭하려고만 드는 오늘날 우리들의 모습을 보여주는 것만 같다. 이제는 그것도 지나쳐서 분수조차 잊어버리고 말았다. 바로 그 분수를 잊은 사람들이 펼치는 일에 우리 모두가 헤어나지 못하고 있는 꼴이다.

텃밭은 나에게 생명의 신비를 가르쳐주는 교실이다. 자연만큼 크고 넓은 가르침을 주는 스승이 또 있을까. 나는 작은 교실과 큰 스승을 가진 셈이다. 그러나 아직도 초록에 물들지 못하는 나 자신을 부끄럽게 돌아본다.

3월, 텃밭자락에 서서 계절이 변하는 이치와 그 질서를 배우고 싶다. 우리 생각대로 결정하지 못하고 큰 나라의 논리에 휩쓸려야 하는 우리의 국가 현실도 그렇지만 개인사에서도 작은 일부터 기본을 다잡아 가는 자세가 우리 모두에게 필요한 시기이다. 자연의 변화처럼 기본을 찾아가는 작은 마음들이 모아진다면 오히려 어려운 문제도 쉽게 풀릴 것이라고 생각한다. 세상을 변화시키는 힘은 따로 존재하는 것이 아니라 우리 모두의 가슴 한편에 있는 작은 깨달음이다.

출판기념회

젊은 후배가 작품집을 냈다며 따끈따끈한 새 책을 보내왔
다. 그는 대학 다닐 때부터 여러 문학상에 이름을 올릴 만큼 능
력을 보였기 때문에 좋은 작가로 자리할 것으로 믿고 있었다.
그 기대에 어긋나지 않게 시, 동시, 동화로 활동영역을 넓히며
차근차근 문학 세계를 열어가고 있다.

보내준 책을 들고 반가운 마음에 전화를 걸었는데 아쉽게
도 연결이 되지 않았다. 이틀쯤 지난 뒤에 전화가 왔다. 자주
연락하지 못하여 미안하다는 말과 함께 출판기념회를 하고 싶
다고 하였다. 내가 선뜻 대답을 하지 않자 그는 형식적인 자리
를 내켜하지 않는 내 마음을 알아챈 모양이었다. 조촐하게 그
동안 보고 싶던 선배들을 모신다고 하였다. 그래서 쾌히 승낙

을 하고는 달력에 표시를 해두었다.

약속한 날은 몹시 추웠다. 아침 일찍 문자가 왔다. '잡은 날이 하필 제일 춥네요. 그래도 꼭 오실 거죠? 보고 싶습니다.'

책 내고, 출판기념회를 하는 일이 너무나 가벼워진 세상이다. 접수처에서 얼굴 도장 찍고, 밥 먹고, 후다닥 헤어지는 게 요즘 출판기념회 모습이다. 몇 년 전에 우리 지역에서 힘깨나 쓰는 사람이 퇴임을 앞두고 잡문 나부랭이로 책을 엮어 낸 적이 있었다. 지역 기업체에다 얼마나 압력을 넣었는지 거둬들인 돈이 수천을 넘었다는 소문도 있었다. 심지어는 그 돈으로 자녀 결혼을 시켰다는 말까지 들렸다. 선거철이 가까워지면 이름을 알리려고 여는 출판기념회가 여럿이다. 이런 일들을 보면서 출판기념회 하면 고개부터 흔들게 되었다. 그냥 넘길 수 없는 게 그로 인해 순수하게 책 낸 기쁨을 나누려는 많은 사람들이 피해를 보기 때문이었다. 그래서 출판기념회 초청장이 오면 먼저 어떤 성격의 자리인지를 따져 보고 갈지 말지를 결정하는 버릇이 생겼다.

초청장이 따로 없는 후배의 출판기념회 자리에 기쁘게 참석하였다. 열 사람이 모인 조촐한 자리였다. 그야말로 꼭 불러야 할 사람, 함께 기뻐할 사람, 진정으로 축하해줄 사람만이 모인 셈이었다. 무슨 회장, 무슨 대표가 줄줄이 단상에 올라가서 영양가 없이 풀어내는 지루한 연설을 듣지 않아서 좋았다. 감동 없는 박수를 쳐대지 않아서 더욱 좋았다.

그동안 혼자서 키워낸 딸이 이번에 초등학교 입학하게 되었다는 후배의 말에 모두들 진심을 담아 축하하였다. 실은 모인 사람 모두 물어 보고 싶었던 말이었다. 그러나 선뜻 입이 떨어지지 않았다. 그러나 후배는 작품집보다 먼저 자랑스럽게 딸 이야기를 들려주며 우리들 마음을 편하게 해 주었다. 축사도, 격려사도 없었지만 모두 같은 마음으로 축하하고, 격려를 주고받는 시간이었다. 후배의 자랑이 전혀 밉지 않았으며, 이를 축하해 주는 우리의 이야기에도 어색함이 없었다. 같은 마음이었기 때문이었다.

저녁을 먹고, 자리를 옮겨서 차까지 마시며 긴 시간을 함께 보냈다. 가장 추운 날씨였지만 최고로 따뜻한 출판기념회였다.

반쪽 그림

고민 끝에 얻는 답

수능 전날, 고3 제자에게서 전화가 왔다. 그렇지 않아도 전화를 할까 말까 망설이던 참이었다. 전화를 하자니 부담을 줄 것만 같고, 안 하자니 자꾸만 조바심이 일었다. 막상 전화를 받고 나니 덜컥 겁이 나기도 했다. 수능을 준비하면서 틈날 때마다 이런 저런 고민을 전화로 털어놓던 녀석이었지만 무슨 일이라도 있나 싶었다. 그런데 녀석은 마음 편하게 그냥 전화를 했다고 말했다. 시험일이 닥치고 보니 좀 더 열심히 하지 않았던 게 후회된다며 너스레를 떨었다.

"그만하면 넌 열심히 했어. 마음 편안히 먹고 있지?"

평소처럼 전화 목소리도 밝았다.

"잘 준비하고 있어요. 근데 저 수시 합격했어요."

"그러면 그렇지. 그래서 그렇게 느긋하구나. 잘 되었다. 그래도 좋은 점수 얻어야지. 부모님이 참 좋아하시겠다."

제자와 전화를 끝내고 나니 졸였던 가슴이 풀어지면서 녀석의 부모님 얼굴이 떠올랐다.

우리나라 모든 부모들이 다 그렇다고 할 수는 없지만 대부분 자식들을 한 줄로 세워서, 한 방향으로 내몰아야 하는 이 땅에서 그 마음이야 오죽했을까. 하루에도 수십 번 지옥과 천국을 오르내렸을 것이다.

수능은 끝이 났다. 전문가들은 이번 수능은 변별력이 거의 없을 것이라고 한다. 해마다 나오는 뒷말이라서 씁쓸했다.

어쨌든 학부모 입장에서는 이제 막 하나의 터널에서 벗어나와 또 다른 터널 앞에서 마음을 졸이고 있는 셈이다. 대학 선택이라는 과제가 기다리고 있다. 점수를 쥐고 대학과 학과 지원율에 눈치를 보아야 한다. 하기야 우리나라 부모들은 자녀들을 대학까지 보내는 사이에 다 늙어버린다는 이야기가 있을 정도다.

우리네 부모들은 유난히 자녀들의 장래에 대하여 관심을 많이 쏟는다. 어려운 살림으로 좌절되었던 꿈을 자식을 통해 이루어 보려는 욕망과 힘없어 할 말 다 못 하며 살아야 했던 한을 대물림하지 않겠다는 생각이 그렇게 만들었다. 그래서 자녀들의 공부나 학과 선택에 부모가 적극 나서고 있다. 물론 공부나 진로 결정에 자녀들보다 경험이 많은 부모들이 나서는 게 나쁜 것은 아니다. 그러나 자녀의 생각이나 취향을 무시하고 부모의 생각만 고집하는 것은 아무래도 무리인 것 같다. 냉정하게 따져보았을 때 자녀의 장래는 그들 자신의 행복과 관계있는 것이지 부모와는 무관한 게 아닐까.

자녀를 부모의 생각대로 만들겠다는 생각은 참으로 무모할 뿐만 아니라 자녀와 관계마저 어긋날 수도 있다. 부모는 자녀의 선택에 조언하고, 선택한 뒤에는 후회 없는 노력을 펼칠 수 있도록 지원하고 격려해 주는 것에 만족해야 한다.

우리 자녀들은 이미 자신의 취향과 재능을 잘 알고 있다. 그러므로 그들의 생각을 존중해 줄 때 비로소 자신의 힘으로 이상을 찾아가려고 할 것이다. 자녀들에게 스스로 진로를 선택할 수 있는 기회를 제공할 때가 바로 입시철이라고 본다. 자녀들도 새로운 삶과 새로운 공부를 시작한다는 자세가 필요한 때이다.

삶은 결코 만만한 게 아니다. 눈을 크게 뜨고 나의 앞길과 변화하는 우리 사회를 살펴보면 배우고 익혀 나가야 할 일이 너무나 많은 것을 깨닫게 될 것이다. 이제 자신의 일을, 또 미래를 스스로 챙겨야 할 때가 된 것이다. 어렵고 막막하다고 느낄 수도 있으나 분명한 것은 나름대로 깊은 고민을 거듭한다면 답은 바로 그 고민 끝에서 기다리고 있을 것이다.

링컨의 두 어머니

친하게 지내던 출판사에서 링컨 전기를 써보지 않겠느냐는 제안을 해왔다. 시간을 넉넉하게 주겠다는 말도 있고, 평소 링컨의 삶에 관심을 갖고 있던 터라 선뜻 허락을 하고 말았다.

링컨 자서전을 중심으로 자료를 찾는 대로 읽어 나갔다. 느긋하게 다시 자료들을 읽으면서 소박한 링컨의 삶이 주는 매력에 흠뻑 빠지게 되었다. 미국인들이 가장 사랑하는 대통령이며, 민주주의 확립자로서 링컨이라는 존재. 그 존재 가치를 세계사에 기록하는 게 마땅하다는 연구자들의 말에 동의하지 않을 수가 없었다.

그의 일대기에서 가장 고개를 끄덕이게 하는 대목은 위기와 결단의 순간마다 기도로 풀어가는 삶의 모습이었다.

"나는 친형제도, 외사촌이나 친사촌 간인 자매도 없었다. 누나가 한 사람 있었으나 세상을 떠난 지 오래 되었고, 동생 하나는 어릴 때 죽었다. 어머니마저 일찍 돌아가셨다."

"나의 배움 또한 그렇다. 학교 교육은 모두 합쳐도 1년을 넘기지 못하는 기간이었다."

이처럼 스스로도 말했듯이 그의 소년기는 외로움과 배움에 대한 굶주림의 연속이었다. 더구나 집안의 배경이나 배운 것이 없는, 그야말로 흙 수저에도 미치지 못했던 그의 청년기는 벌판에 홀로 선 나무 같았으리라. 이런 상황에서 그를 붙들어 준 것은 다름 아닌 기도였다.

대통령이 된 뒤에도 마찬가지였다. 남북전쟁을 시작할 때도, 남군에게 쫓기는 전장에서도, 노예해방을 위한 헌법 선포 전에도 그는 기도실에 있었다. 일생 동안 신념이 흔들리지 않을 수 있었던 것은 바로 기도할 수 있었기 때문이었다.

그런데 이 기도생활은 어디서 시작이 되었을까? 바로 링컨에게는 두 어머니가 있었다. 링컨의 친어머니는 링컨이 열 살 무렵 세상을 떠났다. 가난한 통나무집에서 어머니는 눈을 감으면서 낡은 성경을 어린 아들 링컨의 가슴에 안겨 주었다. 마지막 유언처럼 남긴 어머니의 말은 이것이다.

"에이브야, 너희 외할머니가 물려준 책이란다. 소중히 간직하며 끊임없이 읽어라. 너를 붙들어 줄 것이다."

그러나 어린 링컨은 이를 목침처럼 끼고 다닐 뿐이었다.

다음 해에 새어머니가 들어 왔다. 새어머니가 링컨을 보니 묵직한 것을 끼고 다니고 있었다. 그래서 불러보았더니 성경이었다.

"얘야! 성경은 끼고 다니는 것이 아니라 읽는 것이란다."

새어머니가 조용히 일러주었다. 그러나 링컨은 읽는 기색을 보이지 않았다. 새어머니가 다시 링컨을 불러서 물어 보니까 그제야 하는 말이 글자를 모른다는 것이었다. 학교에 다니지 않았던 링컨이 글자를 알 리가 없었다. 새어머니 사라는 들짐승처럼 숲속을 뛰어다니던 링컨을 앉혀놓고 글자를 가르치기 시작했다. 글자를 익혀 이름을 쓸 수 있게 된 링컨은 정말 신이 났다. 책을 소리 내어 읽어보기도 하고, 이름도 자꾸만 쓰고 싶어졌다. 자신도 모르게 통나무집 벽에다 '아브라함 링컨'이라는 이름을 자꾸만 적어 나갔다. 글자를 익히고 스스로 이름을 쓸 수 있다는 사실이 놀랍고 신기했을 것이다.

그러던 어느 날, 저녁 무렵 일을 마치고 들어오던 아버지는 새카맣게 되어버린 통나무집 벽면을 보고 불같이 화를 내며 소리를 질러댔다. 그러나 낙서를 들여다 본 새어머니는 오히려 빙그레 웃으며 아버지의 입을 가로막았다.

모든 식구들이 잠든 밤이었다. 새어머니가 조용히 집 밖으로 나와서 숲속에 숨어있던 링컨을 불러내서는 낙서한 이름 앞으로 세웠다.

"에이브야, 네 이름 '아브라함'에는 어떤 뜻이 있는지 아느냐?"

알 리가 없었다. 의아한 얼굴로 고개를 흔들었다.

"아브라함은 '많은 사람의 아버지'라는 뜻이란다. 구약성경에 그는 참으로 인정이 많고 용기와 믿음이 있는 사람이었단다. 그래서 하느님은 그를 무척 사랑하셨단다. 너는 바로 그런 소중한 이름을 갖고 있다. 오늘 네가 쓴 그 이름을 앞으로 정말 자랑스럽게, 또 당당하게 쓸 수 있는 사람이 되도록 하여라."

학교 교육이 채 1년도 되지 않았던 아브라함 링컨이 변호사, 주 의회 의원, 상원의원을 거쳐 대통령을 두 번이나 할 수 있었던 원동력은 바로 새어머니 사라의 교육이 있었다는 사실을 다시 깨닫게 되었다.

"새로운 세상을 보여준 책과 나를 새로 낳아준 어머니 사라가 없었다면 나는 여전히 숲에서 나무나 켜고 있었을 것이다."

링컨은 자서전에서 이렇게 적기까지 하였다.

세상에는 많은 어머니들이 있다. 수능이 있기 며칠 전 오어사로 등산을 갔다. 절문 앞에 커다란 글씨가 걸려 있었는데 자세히 보니까 '수험생을 위한 백일기도'였다. 법당 안에서는 어머니들이 쉬지 않고 절을 하고 있었으며, 스피커에서는 녹음된 '지장보살' 염불이 흘러나왔다. 일행 중 한 사람이 물었다.

"지장보살은 지옥에 빠진 영혼을 구제하는 것으로 아는데 수험생을 위한 기도에서 지장보살을 왜 찾을까요?"

그러자 곁에 섰던 사람이 대답했다.

"수험생들 모두 입시 지옥에 빠진 영혼들이잖아요."

우리는 웃지도 못하고 법당 앞을 지나쳐 왔다.

우리는 과연 제대로 된 어머니이고 아버지일까? 어린이를 위한 링컨의 이야기보다 링컨의 두 어머니에 대한 이야기로 책을 만들어 우리네 부모들에게 읽히는 게 우리 아이들을 위하는 길이 아닐까. 어머니들을 위한 책. 아버지들을 위한 책이 필요한 시대에 살고 있는 것은 아닐까.

반쪽 그림

영광이는 미술 시간이면 늘 그림 종이를 반으로 접어놓고는 징징댔다.

"반만 그리면 안 돼요?"

"안 돼! 펼치고 그 종이 위에다 가득 그려."

"진짜, 종이가 너무 넓다고요."

영광이는 말을 입 안에 넣고 웅얼거리곤 했다.

"안 돼! 이게 뭐가 넓다고 그래."

모든 일에서 부족한 자신감 때문에 망설이고 뒷걸음치는 게 습관이 되고 말았다. 나는 처음부터 단단히 다잡아야겠다는 생각에서 일부러 단호하게 대했다.

정년을 몇 년 남겨 두고 우리나라 동쪽 땅 끝인 호미곶으로 임지를 옮겼다. 교직생활 마지막을 바닷바람 맞으며 자라는 아이들과 함께하고 싶었다. 짐작은 하고 있었지만 다문화, 결손, 조손가정의 아이들이 절반이 넘었다. 그런 환경 탓인지 아이들은 학교생활에 의욕이 모자랐다. 나는 아이들의 생각을 바꿔 놓고 싶은 의욕이 앞섰다. 마지막 학교라는 사실이 나를 조급하게 만든 것 같기도 했다. 아이들 앞에서 자꾸만 잔소리가 늘어났고 자연히 목소리도 높아졌다.

제일 먼저 걸려든 아이가 영광이었다.

"영광? 너 교회 다니니? 아니면 성당?"

친해지려고 맨 먼저 던진 인사치고는 좀 엉뚱했다.

"아, 아뇨."

"이름에서 어쩐지 그런 냄새가 나는데? 그럼 누가 지은 거냐?"

"내가 그걸 어떻게 알아요."

녀석은 우물거리며 아주 귀찮다는 듯이 슬그머니 고개를 돌렸다.

"그 녀석 참, 말버릇하고는. 부모님이 그런 이야기를 안 해 주셨어?"

나도 더 이상 묻지를 않았다. 아이의 이름이나 말투를 갖고 더 따져봐야 서로 사이만 나빠질 것 같았다.

내 말을 귓등으로 흘려버린 영광이는 그림 종이를 다 펴지
않고 반쪽에다 긁적거리고 있었다. 나는 윽박지르듯 억지로 종
이를 펼치고는 녀석이 그리고 있던 나뭇가지를 길게 늘어뜨리
고 나무 둥치도 크게 살찌워서 종이에다 가득 채워 주었다.

"자, 이것 보라고 이렇게 종이 가운데에다 크게 그려놓으니
얼마나 좋아.

한쪽 구석에 옹색하게 서있던 작은 나무가 종이 가운데로
당당하게 걸어 나와 있었다. 그러나 영광이는 그게 아닌 모양
이었다. 눈물을 그렁거리며 또 웅얼거렸다.

"이렇게 크면 색칠하기 힘들잖아요. 이 넓은 걸 언제 다 칠
해요."

나도 물러서지 않았다.

"뭐가 힘들다는 거야? 남자답지 못하게. 칠해 보지도 않고
힘들다고 징징거리기부터 하는 거야? 빨리빨리 칠이나 해!"

영광이는 울면서 깨작깨작 칠을 시작했다.

영광이와 나의 이런 줄다리기는 자주 벌어졌다.

하루는 낯선 개가 운동장에 들어왔다. 아이들은 개를 쫓아

다니며 야단법석을 떨었다. 난데없이 나타난 개 때문에 수업 시간이 되었는데도 아이들은 들어올 생각을 하지 않았다. 문득 개로 인해 발생한 이웃 학교 사고를 떠올린 나는 부리나케 운동장으로 달려갔다. 개는 아이들에게 잡혀서 잔뜩 겁을 먹고는 웅크리고 있었다.

"선생님! 영광이네 개예요."

여자아이들이 영광이가 주인이라고 일러 바쳤다.

"학교 밖으로 데리고 나가라고 했는데 도무지 말을 듣지 않아요."

눈치 빠른 은미가 영광이를 먼저 나무라고 나섰다.

그 말을 들은 나는 또 앞뒤를 따져 보지도 않고 영광이를 향해 짜증스럽게 소리부터 질렀다.

"이영광, 개를 왜 데리고 왔어!"

아이들 뒤편에서 내 눈치를 살피던 영광이가 쭈뼛거렸다.

"데리고 온 게 아니라 따라왔어요."

"묶어 놔야지. 애들이 물리기라도 하면 네가 책임질 거야!"

"애는 물지 않는다고요."

영광이가 잡아끌었지만 개는 땅바닥에 붙어버린 것처럼 움직이지 않았다. 영광이는 거의 울상이 되었다.

"그래도 묶어놔야지."

"어떻게 묶어둘 수 있어요."

"엉뚱한 소리 말고 빨리 데리고 가!"

웅얼거리는 영광이의 그 말투에 화가 난 나는 개 목줄을 잡아끌었다. 개는 꼬리를 감추며 내 눈치를 살폈다.

그때 영광이는 나를 가로막듯이 등을 돌려 개를 온몸으로 끌어안았다.

"그러지 마세요. 그러면 더 겁먹잖아요."

눈물이 그렁그렁한 영광이와 겁먹은 개가 나를 올려다보고 있었다. 두 눈빛이 그렇게 닮아 있을 수가 없었다.

내 고함에 겁을 먹은 아이들은 슬금슬금 교실로 들어갔다.

"선생님! 저 개요 실은 영광이 자기네 개도 아녜요. 떠돌이 갠데요 괴롭히면 영광이가 무지 슬퍼해요."

아이들과 같이 교실로 들어가지 않고 머뭇거리던 은미가 나를 올려다보며 속삭였다.

"아까는 영광이네 개라고 했잖아. 떠돌이 개가 어떻게 저렇게 영광이에게……."

문득 지난번 담임이 들려준 이야기가 떠올랐다.

영광이 아버지는 바다로 나가면 몇 달 만에 한 번씩 집에 오는 원양어선 어부였다. 집에는 새어머니가 있었는데 영광이 말로는 그냥 '이모'라고 했다. 아이들도 그렇게 알고 지냈다. 아버지가 비운 집에서 새어머니와 둘이서 살아가는 게 무척 힘들 거라는 생각이 들었다. 어쩌면 유기견이 영광이와 체온을 나눌 수 있는 가족이 아니었을까. 저 아이가 손을 내밀어 자신 있게 할 수 있는 유일한 일이 떠돌이 개를 쓰다듬는 것은 아니었을까.

영광이는 여전히 개를 토닥이고 있었다. 영광이의 손길에 용기를 얻은 개가 꼬리를 흔들었다. 내 눈치를 보면서 슬쩍슬쩍 영광이 손등과 볼을 핥았다. 서로 곁을 지키며 용기를 주고 힘이 되어 주고 있었다. 그러다 자신의 마음을 알리기라도 하듯이 나를 향해 조심스럽게 아는 체했다. 개와 영광이의 모습이 나를 무안하게 만들었다. 당당한 성격으로 만들어 보겠다며 소리치며 몰아세우기만 한 내 어리석음을 깨우쳐 주고 있었다.

'도대체 내가 그동안 영광이에게 무슨 짓을 한 것인가?'

지난 시간을 생각하며 멍하니 서 있었다.

교문 밖으로 개를 데리고 나가는 녀석의 뒤통수를 보며 나도 모르게 중얼거리고 있었다.

'미안하다. 미안해.'

그랬다. 나의 눈에는 녀석의 반쪽 그림만 보였지 그 아이의 또 다른 반쪽은 보지 못하고 있었던 것이었다. 영광이는 이미 교문 밖으로 사라졌지만 내가 보지 못했던 반쪽의 모습이 그림자로 길게 그려지고 있었다. 나는 그 자리에 한참동안 서 있었다.

부모들도 아프다

가슴 아픈 일이 이어지고 있다. 이번에는 군대에서 사고가 발생했다. 동부전선 최전방 GOP에서 발생한 총기 난사 사고는 임 병장이 생포되면서 어쨌든 일단락됐다. 피해 장병 가족들의 슬픈 모습이 가슴을 아리게 했다. 가해자라고 할 수 있는 임 병장 아버지의 말도 가슴을 치기는 마찬가지였다. 같은 부모의 심정이기 때문이리라. 아들을 설득하기 위하여 나선 그는 "우리 아들 있는 데까지 최대한 가까이 가야겠다. 난 죽어도 상관없다. 내가 들어간다고 해서 나한테 총질할 것은 아니지 않느냐. 무슨 내 안전을 따지고 있냐. 이 마당에."라며 아들을 찾아 나섰다. 아들과 통화에서는 "앞날이 창창하니 죽지 마라. 내 심정(심장)이 무너진다."고 설득했다. '심장이 무너진다.' 자식

211

을 둔 부모 마음은 다 같을 것이다. 심장만 무너졌을까 세상이 무너진대도 이보다 아픔이 크지는 않을 것이다.

피해를 입은 장병의 부모도 억장이 무너지기는 마찬가지일 것이다. 피해 장병 아버지 중 한 사람은 인터뷰에서 말했다. "오는 30일이면 상병 휴가 온다고 기대하고 있었는데 그렇게 먼저 가게 됐다. 하늘이 무너진다고 하는 게 이런 건가 싶었다."고 했다. 그는 연락을 받고 아들이 근무하던 GOP로 올라가서 보니까 그런 곳에 근무를 시켜놓고 발 뻗고 따뜻한 방에서 잤던 것, 좋은 것 먹은 것들이 너무 미안했단다. 스스로를 많이 책망했다는 말도 했다.

지난겨울, 경주 마리나 리조트 참사, 세월호 참사, 우리의 꿈 많은 젊은이들이 너무나 많이 우리 곁을 떠나고 있다. 기가 막힌 일이다.

얼마 전 백일장 행사에 심사위원으로 참석했다가 고등학생들을 보는 순간, 나도 모르게 가슴이 먹먹해 왔다. 세월호 사고로 초목처럼 싱싱한 아이들을 잃었다는 생각이 밀려들었기 때문이었다. 나만 그런 게 아니었다. 곁에 있던 사람들도 마찬가지라고 하였다. 자식을 가진 부모의 마음은 다 그렇게 안타깝고 아프다.

이번 사고를 접하고 자녀를 군에 보냈거나 군 입대를 앞둔 부모들은 얼마나 불안할 것인가. 아니 자식을 가진 모든 부모의 마음이 똑같을 것이다. 낳고 키워서 학교에 보내도, 군에 보내도 안심할 수가 없다. 어디 그뿐인가. 공부 끝내고 군에 다녀온 것을 보고 한숨 돌리려나 하지만 그것도 아니다 젊은이들의 취업이 하늘의 별따기다.

그래서 한국의 50대 이후 부모들이 준 고령자라는 이름으로 재취업에 나서고 있다. 올해 벼룩시장 구인구직란에 등록된 이력서 분석 결과를 보면 취업 희망자의 청저장고(靑低長高) 현상이 뚜렷하게 나타나고 있다고 한다.

특히 비경제활동자로 분류되던 65세 이상 실버층이 이전보다 더 적극적으로 구직활동을 펼치고 있는 현상은 평균 수명이 길어진 탓도 있지만 자녀들의 뒷바라지가 아직 끝나지 않았기 때문이기도 하다.

그쯤이면 또 넘어갈 수가 있다. 요즘 농어촌을 비롯하여 도시 주변에는 조손 가정이 늘고 있다. 자식을 낳고 키워서 결혼까지 시키고 여유를 가져야 할 부모들에게 또 다른 짐이 지워지고 있다. 조금씩 양보하고, 조금 더 견디고, 한 번 더 이를 악물지 못하는 자식들이 부모를 아프게 하고 있다.

비정상적인 사회제도 속에서 우리네 자식들이 허둥대고 있다. 이를 바라보는 부모들의 마음이 너무나 편치 않다. 자식은 자식들대로, 부모는 부모들대로 지치고 힘들다. 그래서 세상 일이 모두 짜증스러운지도 모른다.

가뭄에 지쳐 새들새들해진 풀잎이 우리 사회, 우리들의 모습 같다.

공정 사회

새해 들어 몇몇 제자들이 전화를 해왔다. 어떻게 소문도 없이 정년퇴직을 할 수 있느냐며 나무라더니 뒤늦게 자리를 만들었다.

40여 년 전에 가르친 제자들이었다. 나이가 쉰에 접어들어 삶의 주름이 보기 좋게 얹힌 얼굴들이었다. 든든하고, 고맙고, 한편으로는 좀 더 열정을 쏟아주지 못한 게 아쉬운, 그런 시간이었다.

자리가 길어지면서 자연스럽게 살아온 이야기를 나누게 되었다. 모두 열심히 자신의 영역에서 살아온 모습들이 대견스러웠다. 그 중에 한 제자의 이야기가 가슴을 아리게 했다. 자동차 정비업을 하는 제자였다. 초등학교 시절의 차림새나 집안 형편으로 볼 때, 그런 일에 종사할 줄을 몰랐다며 다들 입을 모았다. 그러자 잠깐 뜸을 들이던 그 제자는 아버지가 돌아가시는 바람에 진학의 꿈을 접게 된 가정사에 대한 이야기를 천천히 꺼냈다.

그 제자가 처음 얻은 직장은 요즘 말로 비정규직 공무원이었다고 했다. 불법 증개축한 건축물을 찾아내어 보고를 하면 벌금을 내게 하거나 절차에 따라 양성화하여 세금을 내게 하는 일이었다. 현장 조사를 나가서 한 달여 동안 100여 군데를 밝혀냈는데 실제로 처벌을 받는 건수는 반도 되지 않더라고 하였다. 더욱이 처벌은 힘없고 약한 사람들 몫이고, 빠져나간 사람들을 보니까 돈 있거나 힘 있는 사람들이더란다. 오죽 기가 막혔으면 30여 년이 지난 지금까지도 관계된 사람들의 이름까지 기억하고 있었다. 그래서 곧 일을 걷어치우고 험하다고 말리는 자동차 정비 일을 배우기 시작했다고 한다. 자동차 기름 만지는 감촉도 좋았고, 기름 묻은 얼굴로 마주보는 사람들도 좋았고, 수리하여 공장을 나서는 자동차 모습도 좋았다고 한다. 그러다 보니 30년이 후딱 지나갔노라고 했다.

그 제자의 말끝에 물어보았다.

"지금 행복해?"

그 제자는 망설임 없이 대답했다.

"그럼요."

처음 얻은 직장에서 맛보았을 좌절과 실망감을 딛고 의연하고 당당하게 자동차 판금과 도장에서 최고가 된 제자가 자랑스러웠다.

1980년대 중국은 해마다 5백여 명의 젊은이를 유럽 여러 나라로 유학 보냈다. 이들을 통하여 중국의 부패한 관료사회를 바로잡아 보려는 계획이었다. 수년간 이 계획에 따라 유학을 다녀온 젊은 엘리트들은 국가의 기대에 따라 당찬 각오로 공직에 투입이 되었다. 그러나 부패와 맞선 이들의 용감하고 헌신적인 싸움은 오래 가지 못하였다. 이들은 기존 세력들의 질시와 빈축과 따돌림을 견디지 못하였다. 더욱이 정치권력과 연결되어 있는 정보에는 접근하는 것조차 용납되지 않았다. 그야말로 고립무원이었다. 유학파들의 싸움은 1년을 버티지 못하고 나가떨어졌다. 그들은 방관자가 되었으며, 일부는 뛰어난 두뇌와 그동안 연마된 방법으로 권력과 손잡고 더욱 교묘한 부정과 부패 세력으로 자리 잡았다.

우리의 모습도 이와 크게 다르지 않다. 젊은 세대들의 용기와 고귀한 도덕적 가치를 파괴하고 묻어버리는 것은 정치 권력자의 부패와 내 편, 네 편을 교묘하게 갈라 세우는 패거리 문화였다.

대통령은 신년 첫 국무회의에서 모두발언을 통해 "과거의 적폐가 잔뜩 쌓여 있는데 돈을 쏟아 붓는다고 피와 살로 가겠는가"라며 부패 척결 의지를 분명히 했다. 이는 분명한 사실이고 시급하게 해결해야 할 일이었다. 그러나 지금 따져보면 그 말조차 말로 그쳤다는 것이다.

모든 일과 조직에는 정상적인 절차가 있기 마련이다. 부패와 부정이 능력으로 평가받는 사회에서 젊은이들이 느낄 혼돈과 좌절은 충격 그 자체라고 할 수 있다. 젊은이들의 기를 꺾지 않고 그들이 마음껏 꿈을 펼 수 있는 사회는 법과 질서가 살아 있어야 한다.

40년 동안 내보낸 제자들이 우리 사회에서 어떤 모습으로 살고 있을까. 문득 그들의 삶이 궁금해진다. 능력으로 인정받으며 소신껏 일할 수 있는 공정사회가 간절히 기다려진다.

소년의 노래

　지난 24일, 2억대의 땅을 뇌성마비 장애인들을 위하여 기증한 대구에 사는 노부부 이야기를 들었다. 이들은 평생 모은 돈을 장애인들을 위해 내놓았다고 한다. 장차 남은 땅 5억도 마저 기부하겠다는 약속을 했단다. 참으로 놀라운 일이다. 그런데 더욱 놀라운 것은 노부부 중 남편이 농아인이라는 것이었다. 이 돈은 그야말로 이들이 평생 동안 갖은 수모와 고통과 눈물을 바탕으로 만들어 낸 거라고 해도 지나친 말은 아닐 것이다.

　요즘 언론에 오르내리는 사람들의 이름이 얼마나 우리의 기운을 빼고 있는가. 출세를 하고, 권력을 쥐고, 부를 마음껏 누리던 고위층들의 실상이 뒤집어지면서 그들이 쌓은 탑은 그야말로 부정과 부패로, 약한 이들의 희생을 딛고 세운 것이라는 게 알려지고 말았다. 따지고 보면 우리 사회는 힘을 가진 그들 보다 노부부처럼 아름다운 마음을 가진 사람들이 있기에 지탱되고 있다고 해도 틀린 말은 아니다.

사실 이름 없이 자기 위치에서 묵묵히 살아가는 사람을 보면 무척 자랑스럽고, 그들을 통하여 기쁨과 용기를 얻게 된다.

요즘 신문 보기가 무섭다. 출세와 재산축적, 권력 쟁취가 삶의 목표가 되어버린 사회, 정말 향기를 잃은 세상이 되고 말았다.

학부모들의 교육에 대한 생각에도 세상의 모습을 그대로 닮고 있다. 아직 초등학생인 자녀를 두고 벌써 대학 갈 걱정을 하고 있으며, 어떤 직종을 골라야 할 것인가를 고민하고 있다. 다른 아이들이야 어떻게 되든지 내 자식만큼은 좋은 대학에 가야하고, 좋은 직장을, 남보다 나은 자리로 올라서야 한다는 욕망으로 꽉 차있다.

가끔 대학을 그렇게 서둘러 갈 필요가 있을까? 20대 후반이나 30대 아니면 40대가 되어서 본인이 학문의 필요성을 느꼈을 때, 진학을 하는 방안도 좋을 것 같다. 그래서 그런 이야기를 넌지시 들려주면 돌아오는 대답이 선생님의 자녀 진학 지도도 그렇게 했느냐는 물음이다.

블라우닝의 "소년의 천사"라는 시에 담긴 이야기를 각박한 우리 교육 현실에서 한 번쯤 새겨볼 만하다.

이야기의 주인공은 가난한 점원인 소년 '데오 크리트' 이다. 온종일 일에 매달려 있으면서도 데오 크리트는 짜증내는 일이 없었다. 항상 노래를 부르며 기쁘고 반갑게 손님을 맞았다. 기쁨에 넘쳐서 부르는 그의 노래는 찾아오는 손님을 즐겁고 행복하게 했으며, 끝내는 하느님까지도 데오 크리트의 노래를 들으며 즐거워하셨다.

어느 날이었다. 한 수도사가 이곳을 지나가다가 가게에서 흘러나오는 기쁨에 찬 소년의 노래를 들었다. 들으면 들을수록 사람의 마음을 기쁘게 하는 노래였다. 그 수도사는 데오 크리트를 성베드로 대성당으로 데리고 가서 부활절 축가를 부르게 했다. 노래가 너무나 좋았던 수도사는 데오 크리트를 그곳에 계속 머물면서 노래를 부르게 했다. 물론 경제적인 걱정이 없는 호화로운 생활도 보장해 주었다. 아무런 걱정 없이 좋아하는 노래만 부르면 되는 시간이 소년에게 주어졌다.

그러나 소년이 있었던 시골 가게에서는 노래 소리가 끊어졌으며, 노래를 잃은 시골의 많은 사람들은 슬픔에 잠기고 말았다. 더구나 사라진 이 노래를 가장 아쉬워한 분은 다름 아닌 하느님이었다. 하느님은 가브리엘 천사에게 데오 크리트의 행방을 물었다. 소년이 로마 성베드로 대성당에 머물고 있는 것을 알게 된 천사는 어떻게 할 수가 없어서 자신이 점원이 되어

소년이 하던 일을 하면서 노래를 대신 불렀다. 천사는 소년이 하던 일은 해낼 수 있었으나 노래만큼은 흉내 낼 수가 없었다. 그의 노래에는 간절함이, 기쁨이 없었다. 하느님은 데오 크리트의 노래를 더욱 그리워했다. 천사의 말을 들은 수도사는 데오 크리트를 다시 시골 가게로 보내 주었다. 소년은 가난한 가게로 돌아와 노래를 불렀다. 그러자 수많은 생명과 함께 하느님도 크게 기뻐하셨다는 이야기이다.

우리 청소년들에게 너무 큰 것을 기대하지는 않는가. 권력이나 재력이 최고의 미덕임을 은연중에 심어주지는 않는가. 우리는 내 자식에게 시골 가게보다 로마의 성베드로 대성당에 자리하기를 강요하고 있지는 않는가. 기쁨보다 번쩍거리는 자리쟁취를 요구하고 있는 것이다.

학교는 허망한 꿈을 부추기는 것보다 자신의 작은 직분에 충실하도록 가르쳐야 한다. 용기 있는 교사는 낮은 곳에서 이름 없는 사람이 부르는 노래가 더욱 아름다운 것임을 가르칠 수 있어야 한다.

아름다운 졸업식

지난 2월, 어느 고등학교 졸업식 뒤풀이가 우리 사회를 뒤숭숭하게 만들었다. 졸업빵이라는 이름으로 밀가루와 계란을 퍼붓다 못해 옷을 벗기고, 폭력과 갈취로 이어졌다는 소식에 모두가 혀를 찼다. 다 그런 것은 아니지만 이런 게 중고등학교에서 벌어지는 졸업식 모습이라면 대학에서는 오래 전부터 졸업생이 없는 졸업식을 연출하고 있다.

왜, 이런 일들이 일어났을까를 곰곰이 생각해 보았다. 그동안 졸업식에서 졸업생들이 진정한 주인공이 되는, 그들의 졸업식을 만들어 주었는가를 반성해 보지 않을 수가 없다. 별로 상관도 없는 기관장들의 축사가 지루하게 이어지고, 내빈 소개로 여러 사람에게 박수를 치게 하고, 또 온갖 이름의 상장 수여로 대부분의 졸업생을 기죽이는 긴 시간을 견디느라 무척이나 고통스러웠을 것이다. 졸업생들은 그 돌파구로 그들만의 졸업식을 따로 만들고 싶었을 것이다. 그러나 어른들과 경직된 사고와 제도가 그것을 허락할 기미를 보이지 않자 그런 못난 모습을 연출하고 말았는지도 모른다.

일제강점기부터 이어져 온 게 오늘날 졸업식 순서이다. 졸업장 수여, 상장 수여, 학교장 회고사, 내빈 소개, 지역 유지들의 축사와 격려사, 송사와 답사. 정말 조금도 변하지 않은 이 재미없는 졸업식 모습이 아이들을 밖으로 내몰게 한 것이 분명하다. 지루하고, 재미없는 것을 도무지 참지 못하는 요즘 아이들에게는 그들만의 이벤트가 꼭 필요하다.

내가 몸담고 있는 학교부터 조금은 색다른 졸업식을 만들고 싶었다. 졸업생이 15명뿐인데 송사와 답사 대표를 따로 뽑을 것도 없었다. 모두가 대표가 되어 자기네들 손으로 졸업식을 계획하고 연출하도록 맡겨 두기로 하였다. 처음에는 머뭇거렸지만 그들은 스스로 의논하고, 토의하고, 의견을 모아서 졸업식 준비에 들어갔다. 그들은 소감과 각오를 졸업식장에서 발표하자면서 동영상 촬영과 편집까지도 자기네들 손으로 분주하게 만들어 댔다. 학교 밖의 손님들도 보는 행사이기 때문에 교사들은 조바심이 일었지만 애써 그들의 생각에 끼어드는 일이 없도록 스스로를 다잡았다.

아이들, 그들만의 이야기로 꾸며진 졸업식장에서 구경꾼으로 존재하는 졸업생은 한 사람도 없었다. 더구나 재학생, 학부모, 교사들도 모두가 행사의 주인이 되어 있었다. 식장 안은 숙연함보다 기쁨과 즐거움이 넘쳐났다.

졸업생 중에 한 아이의 영상이 시작되었을 때, 교사들은 긴장하였다. 그 아이는 자신의 생각을 제대로 말할 수 없을 거라고 생각했기 때문이었다. 한껏 고조된 분위기를 망치지나 않을까 걱정했다. 평소 그 아이의 모습이 그랬다. 수업의 분위기를 흩어버리기 일쑤였다. 도무지 진지하거나 성실한 면을 찾아볼 수 없는 아이였다. 큰 수술을 받은 병약한 아이였기 때문에 교사들의 관심은 공부보다 건강이 우선이었으며, 탈 없이 학교에 나와 주는 것만으로도 그저 고마울 따름이었다. 그래서 그런 행동을 보였을 수도 있지만 그 아이는 단체 활동에 좀처럼 관심을 보이지 않았다. 공부시간에도 엉뚱한 일을 벌이기도 했으며, 친구들과 어울려 장난치는 것보다 한쪽 구석에서 벌레와 놀기를 좋아했다.

"제가 아플 때 도움을 주신 교장 선생님, 보건 선생님 감사합니다. 수술할 때 '괜찮아, 괜찮아' 하면서 힘주신 엄마, 안 그런척하면서 돌아서서 울던 아빠, 감사합니다."

교사들의 우려를 완전히 뒤집겠다는 듯이 그 아이는 또박 또박 제 할 말을 이어갔다. 선생님과 부모님의 도움을 진심으로 감사해하고 있었다. 지난여름 수술 도중에 얼마나 아팠으면 '엄마, 이렇게 아픈데도 꼭 살아야 하나요?'라고 물었다던 그 아이의 말이 새삼 떠올랐다. 그 아픔을 함께 나누지 못하고 지나쳐 버렸던 일들을 우리 교사들은 미안하고 또 미안해하고 있었다.

그 아이의 낮은 목소리는 더욱 숨소리를 죽이게 했다.

"저는 벌레를 참 좋아합니다. 힘없이 기어 다니는 벌레가 꼭 나와 같다고 생각했기 때문입니다."

우리 학교에서 가장 힘없는 아이, 약하다고 후배들조차 선배 대접을 제대로 하지 않았던 아이는 벌레를 생각하고 있었단다. 붙잡으면 붙잡힌 대로 뭐라고 소리치지도 못하고 발버둥을 치는 그 벌레에게 자신의 모습을 얹어 보았다고 하니, 힘없고, 약한 자신을 감당해 나가느라 혼자서 얼마나 힘들었을까. 힘을 보태주지 못한 게, 어깨를 빌려주지 못한 게, 힘껏 안아주지 못한 게 자꾸만 미안했다.

'미안하다. 정말 미안하다. 어른이라고 너에게 뭘 가르치려고만 했지, 진정으로 네 생각에 다가가지는 못했구나.'

우리 교사들 눈은 모두 그렇게 젖어갔다.

"나는 장차 목사가 되겠습니다. 그래서 저처럼 힘없고, 약하고, 아픈 사람들을 위해서 기도하는 사람이 되겠습니다."

모든 사람들은 눈물을 글썽이며 그 아이의 이야기를 들었다. 그리고 마음속으로 빌었다.

'그래, 너는 꼭 목사님이 될 거야. 예수님을 꼭 닮은 목사님이 될 거야.'

작은 아이의 이야기는 끝이 났지만 식장에 모인 사람들에게 그 졸업식은 영원히 기억될 것이라고 우리는 믿었다.

참석한 모든 사람들에게 감동을 주고, 졸업생들이 주인 되는 아름다운 졸업식은 멀지 않은 데 있었다. 그들 손으로 그들의 졸업식을 꾸미게 하는 것이다. 단상에 폼 잡고 앉아서 졸업생들을 가르치려고 드는 졸업식은 더 이상 아이들을 붙잡아 놓지 못한다는 것을 이제는 어른들이 깨달아야 할 때이다.

외로운 아이들

지난주에 또 가슴 아픈 소식이 신문 사회면을 차지하였다.

중학생이 잇달아 투신자살을 했다고 한다. 참으로 안타까운 일이 아닐 수 없다. 친구 문제로 고민하다가 극단적인 선택을 한 것으로 알려졌다. 흔히 등장하는 왕따 문제도 따지고 보면 친구 관계에서 빚어지는 것이라고 볼 때 우리 아이들이 마주하고 있는 문제가 바로 교우관계임에 틀림이 없다. 이성 문제, 진로 문제 등, 예전에 고등학생이나 대학생들이 주로 하던 고민이 사춘기 연령이 낮아지면서 중학생들까지 확대되고 있다. 자제력이나 판단력이 아직 미숙한 단계인 중학생들 입장에서는 혼자서 고민에 빠져 있다가 극단적인 선택을 할 수밖에 없었을 것이다.

그렇다면 우리 아이들에게서 친구란 무엇인가. 위로와 위안을 주는 상대인가. 경쟁 혹은 괴로움을 안기는 대상인가.

우리 아이들을 서구 청소년들과 비교했을 때 다른 모습 중 하나가 시간을 보내는 방법이라고 한다. 우리 아이들은 시간의 대부분을 친구와 지내고 있다. 학교에서든 학원에서든 또 여가 시간이든 간에 친구와 붙어 다니고 또 친구를 찾아 나선다.

그러나 유럽 청소년들은 혼자서 노는 일이 많단다. 책을 읽거나 자전거를 타거나 산책을 한다. 여가시간 하나만 보더라도 우리 아이들은 친구, 친구, 그저 친구뿐이다. 친구를 만나서 무엇을 하는지 물어 보면 제대로 하는 게 없다. 어떻게 하자고 만나는 것보다 그냥 만나서 지내는 것일 뿐이다. 과연 친구를 만나, 같이 있는 것이 그렇게 대단한 것일까. 어쩌면 우리 아이들은 친구와 같이 있으면서 자신의 존재를 확인하고 있는지도 모른다. 친구들 속에서 소속감을 느끼며 나름 행복을 느끼도록 길들여져 있다. 그러니까 친구가 멀어지면 당황하게 되고 상실감에 허덕이게 되는 것이다.

우리 아이들은 혼자 지낼 줄을 모른다. 어릴 때부터 혼자 노는 방법을 익히지 못했다. 그래서 친구 만나는 일을 매우 중요한 일로 생각하고 있다. 이는 우리 사회 어른들의 모습과 크게 다르지 않다. 너무나 닮아 있다는 말이 어울린다. 우리만큼 모임이 많은 사회도 아마 없을 것이다.

우리 아이들은 친구가 없으면 외롭거나 심심하다고 말한다. 외로움은 친한 사람이 없어서 생기는 것이며, 심심함은 재미있는 일이 없어서 생기는 것이라고 생각한다. 외롭던 사람이 친한 사람을 만나 고독감을 벗어날 수는 있어도 그것으로 인하여 삶이 재미있어졌다고 말할 수는 없다. 우리는 흔히 친구를 잘못 사귀어 나쁜 길로 빠졌다는 이야기를 한다. 지나치게 재미를 쫓다가 그런 꼬임에 스스로 빠져들어서 친구와 갈등을 만들고, 서로 상처를 남기게 된 것은 아닐까.

어른도 마찬가지지만 우리 아이들에게 혼자서 노는 방법을 알려줄 때가 되었다. 우리 사회도 이제는 향우회, 교우회, 동창회 등등으로 이름 지어진 패거리 문화에서 벗어나야 한다. 친목회 성격이라지만 다른 사람에게 소외감과 패배감을 안겨줄 수도 있기 때문이다. 이런 사회적 분위기가 우리 아이들에게 영향을 주지 않았다고 말할 수는 없다.

청소년기는 호기심이 요동치는 시기이다. 청소년 문제는 성인사회를 비추는 거울이다. 그래서 우리 아이들의 자살 원인을 어른들의 그릇된 모습 속에서 찾아야 한다. 청소년들을 죽음으로 몰고 가는 근본적인 원인 제공자는 누구인가. 바로 우리 어른들의 삶의 모습은 아닐까.

웃는 부처님

출근하자마자 학교에서 가장 작고 여린 아이 하나가 또 병원에 입원했다는 이야기를 들었다. 선천성 심장 질환으로 1차 수술을 받고, 2차 수술을 기다리던 중에 또 다른 병을 얻었다고 한다. 그 어린 입으로 '이렇게 아픈데 꼭 살아야 하느냐'고 물어보더라는 이야기를 전해 듣고 가슴이 아릿하게 아파왔다.

내일이 바로 부처님 오신 날, 산천은 신록으로 푸르고 찬란한 생명의 환희를 노래한건만 그 기쁨에 참여하지 못하는 아이 얼굴이 자꾸만 생각의 끝자락을 잡아끌었다.

그래서일까. 오늘 따라 천 년 전에 살다 가신 포대화상이 그립다. 커다란 배를 드러내놓고 그 배만큼이나 크게 웃고 있는 모습의 그림이나 석상으로 우리에게 널리 알려진 스님이다.

포대화상은 늘 커다란 포대를 지고 다니면서 가난한 아이들에게 선물 나누어 주기를 좋아하셨다. 어린아이들이 달려와서 무엇을 달라고 하면 원하는 대로 포대에서 꺼내주었다고 한다.

특히 아이들과는 친구처럼 잘 어울렸다. 아이들이 보이기만 하면 포대를 내려놓고 슬금슬금 그들 가까이로 기어갔다. 그래서 아이들의 말이 되어 주기도 하고, 그들을 업고, 안고, 목말을 태우며 놀아주었다. 아이들은 키를 낮추고 다가오는 스님의 눈썹을 끌어당기고, 어깨에 기어오르고, 풍선 같은 배를 찔러대며 온갖 장난을 쳤다. 그런 장난을 다 받아주며 아이처럼 천진하게 웃어주던 스님이었다. 그 웃음으로 아프고, 외롭고, 슬픈 아이들의 그늘을 말끔히 지워 주었다고 한다.

미래의 부처님 모습은 이렇게 후덕하고 넉넉한 모습이리라. 가난하고 아픈 이들과 함께 하는 아주 가까운 이웃의 모습이리라.

사람들은 포대화상이 입적하신 뒤에야 그가 미륵불의 현신임을 알고 탄식하였다고 한다. 그래서 뒤늦게 포대화상의 모습을 그림이나 상으로 조성하여 숭배하였다지만 스님이 보셨다면 오히려 다 소용없는 짓이라고 고개를 절레절레 흔들었을 것이다. 그 공력은 작은 아이 하나의 손을 잡아주는 것만 못하다고 일갈하실 게 틀림없다.

하루 종일 병상에 누워 있을 아이의 생각이 떠나지 않는다. 그 아이가 안고 있는 현실의 괴로움과 그 원인은 무엇이며, 괴로움을 덜어줄 수 있는 방법은 또 무엇일까. 사람마다 다르게 나타나는 괴로움의 무게는 또 무엇이란 말인가. 길고 먼 윤회의 과정이라고 얼버무리고 말아야 할 것인가.

우리 지역 오어사에 계셨다는 혜공 스님은 걸핏하면 우물 속에 들어가서 몇 달씩 나오지 않았다고 한다. 우물 속에서 나올 때면 푸른 옷을 입은 동자가 먼저 솟아 나왔으며, 스님 또한 새 사람으로 변화된 모습을 보여 주었다. 또 이런 일도 있었다. 구참공이 산에 놀러갔다가 혜공 스님이 산길에 쓰러져 죽은 것을 보았다. 이미 살이 썩어 구더기가 들끓었다. 그 앞에서 오랫동안 슬피 탄식하다가 성에 돌아오니 어찌된 일인지 혜공 스님이 술에 취해 장터에서 노래하며 춤을 추고 있었다고 한다. 우리는 이를 보고 그냥 스님의 도력이 참 높다고만 생각했다. 곰곰이 생각해 보면 스님은 오늘을 살아가는 우리에게 무엇을 가르치고자 하는 것만 같다. 삶과 죽음이 다르지 않음을, 윤회의 신비가 달리 있지 않음을 넌지시 일러주고 계신 것은 아닐까.

경제가 어려울수록 어려운 사람은 더욱 힘들어지고, 그늘진 아이들의 시간은 더욱 길고 고통스러워진다.

부처님 오신 날, 웃는 부처님, 포대화상을 생각한다. 웃음과 내어줌이 가르침의 전부였던 스님. 스님은 이 마을 저 마을을 떠돌아다니시다가 시장 한복판에 서서 웃음을 터뜨렸다 커다란 배에 바람을 잔뜩 집어넣고는 온몸을 들썩이며 배꼽이 빠져라 웃어젖혔다. 그러면 모든 사람이 함께 웃었다. 스님의 웃음이 주었을 천 년 전 웃음 바이러스가 더욱 그리워지는 시대에 우리는 살고 있다.

사람들에게서 어떻게 된 일인지 웃음이 사라지고 있다. 직장이 사라지고, 가정이 사라지고, 늘 다니던 식당의 불빛이 사라지고, 아이들 얼굴에서 천진스런 웃음이 사라지고 있다.

찬란한 자비의 시간, 부처님 오신 날을 다시 맞으며 세상에 웃음이 용솟음쳤으면 좋겠다. 작고 여린 아이 하나에서 세상의 모든 아이들에게로, 작은 마을에서, 온 나라로 웃음이 번져나갔으면 좋겠다.

부처님의 크신 자비는 주어지는 게 아니라 우리가 만들어 가는 것은 아닐까? 문득 그런 생각을 해 본다. 우리 모두 그냥 웃음을 나누며 그래서 크게 웃었으면 좋겠다.

조급증

지인의 병문안을 다녀오다가 양지 바른 산자락에 핀 산수
유 꽃을 보았다. 햇살처럼 눈부신 봄빛이었다. 그 건너편에는
매화가 막 꽃잎을 터뜨리고 있었다. 철이 보름 정도 당겨진다
더니 너무 서둔다는 느낌마저 들었다.

아니나 다를까. 봄인데도 이상 고온으로 농작물 생장에 이
상 조짐이 나타나고 있다는 보도다. 사과나무가 벌써 개화를
하고, 고추 모종은 도장 현상을 보이고 있으며, 병해충들이 일
찍 활동하는 바람에 예년에 볼 수 없는 봄철 병해가 나타날 것
이라고 한다.

무엇이든지 제철이나 제 능력에 맞아야 자연스럽게 성장

발달한다는 것은 불변의 진리인 것 같다. 자연도 이렇거늘 사람인들 다를 게 무엇이겠는가.

이른 아침부터 걸음마를 겨우 익혔을 어린 아이들이 영어 학원 등록을 위해 줄을 서고 있다. 영어 유치원에는 경쟁률이 만만치 않다는 이야기다. 미군 가족을 위한 초등학교에 한국 아이들이 넘쳐 난다고 한다. 아파트 상가 건물에는 영어 학원이 빠지지 않는다. 외국인 강사가 호황을 누리는가 하면 심지어는 필리핀 여성이 가정부 겸 과외 교사로 인기라는 말도 들린다.

요즘 우리 주변에서 흔히 볼 수 있는 조기교육의 한 모습이다. 모두 자녀 교육을 위하여 비장한 각오를 한 듯하다. 초등학생은 영어 교과목이 도입되었으니 그렇다 하더라도 이제 말을 익히는 유아들에게 영어를 우격다짐으로 가르치는 건 지나치다는 느낌이다.

다른 집 아이보다 좀 더 빨리, 좀 더 많이 가르쳐야 마음이 놓이는 자녀 교육 조급증이 심각하다. 영어를 그렇게 가르쳐서 어디에 쓸 것인지, 조기 교육이라는 것이 단순히 상급학교에서 가르쳐야 할 내용을 미리 당겨서 가르치는 것인지 한번 새겨 볼 일이다.

이웃 사람이 하면 질 새라 따라가려는 교육 조급증이 오늘의 조기교육 열풍을 만들고 있다. 조기 교육의 이유는 단 하나, 좋은 대학 진학이다. 그래서 더욱 안타깝다. 물론 일찍 가르치면 조금은 나아지겠지만 그 효과에는 의문점이 많다.

교육연구자들의 발표에 의하면 이처럼 극단적인 교육열로 인하여 생긴 애착장애 등 유사자폐증 환자 수가 작년 전반기 전체 소아정신과 환자 2천38명의 3분의 1 수준인 7백여 명에 달했다고 한다. 교육용 비디오를 24시간 거의 쉬지 않고 시청한 후유증으로 사람들을 피하는 등 언어 장애에 빠진 아이들이 일주일에 한 명 꼴로 생기고 있다는 보고도 있다. 부모들의 극단적인 조기 교육이 자녀들의 정신질환과 장애를 부추기고 있다는 증거이다. 과도한 조기교육 열풍은 '비디오 증후군' '학습지 증후군' 등 신종 질환들을 만들어내고 있다.

자녀 교육에는 부모의 느긋한 기다림이 필요하다. 자녀의 성장과 교육의 시기가 적절할 때 가장 큰 교육의 효과를 얻을 수 있다는 것은 틀림없는 사실이다. 잠재능력을 키워 주기보다 지식 위주로 매달리는 조기교육은 실패할 확률이 높다. 이제 우리 교육도 조기교육의 필요성만을 논하기보다 어떤 시기에, 어떤 내용을, 어떤 방법으로 아이들에게 제공해 주어야 하는가를 생각해야 할 시기에 와 있다.

지금 우리 아이들은 조기 교육이라는 이름의 각종 과외 홍

수 속에서 힘겨워 하고 있다.

산수유 꽃 같은 우리 아이들의 웃음소리를 듣고 싶다. 나만의 허황된 바람일까?

친구

어느새 12월이다. 누구나 '세월 참 빠르다' 소리가 저절로 나올 때이다. 난데없는 겨울장마가 오더니 이어진 추위가 김장 일손을 재촉하고 있다는 게 텔레비전 아침 시간 뉴스로 등장했다.

목도리를 단단히 하고 현관문을 여는데 이웃집 할머니가 지나가면서 아침부터 목소리를 높인다. 무슨 일이 있냐고 여쭤 보았더니 긴 비에 배추가 썩어 나간단다. 이웃 노인들의 즐거움 중 하나였던 농사일이 그렇게 큰 근심거리를 만들어 놓았다.

우리 집 뒤에는 작은 밭이 있다. 땅 주인이 멀리 사는 덕택에 이웃 할머니들이 바둑판처럼 나누어 철따라 상추, 쑥갓, 고추, 고구마, 무, 배추, 양파, 마늘을 심고 가꾼다. 할머니들은 봄,

여름, 가을 철따라 가지각색 채소들로 모자이크를 연출한다.

그 할머니들이 일하는 시각은 주로 새벽이다. 일찍 그곳으로 나와서 풀도 뽑고, 거름도 넣으며 아침 찬거리를 장만하신다. 대부분이 독거 노인인지라 밤새 혼자 계시다가 이슬 머금고 아침마다 새얼굴을 내미는 채소는 할머니들에게 신선한 위안, 아름다운 친구였는지도 모른다. 덤으로 이웃 친구들과 대화의 자리를 자연스럽게 펼쳐 놓을 수도 있기 때문에 중요한 일상이기도 했다. 매일 아침 만나는 이웃 친구들과 무슨 이야깃거리가 그리 많은지 항상 웃음이 끊이지 않았다. 늦게 자고 늦게 일어나는 게 습관이 되어 버린 나는 밭에 나온 할머니들 때문에 늘 새벽잠을 설치곤 했다. 물론 나는 원망하지 않았다. 친구들과 이야기 나누는 그 할머니들의 웃음 덕분에 나의 아침에도 밝은 에너지가 덧입혀지기 때문이었다.

며칠 전 인터넷 신문에서 눈에 띄는 기사를 읽었다. 한국인 건강 만족도 조사였는데 소제목이 눈길을 붙잡았다. '한국인들 삶, 왜 이리 피곤한가.' 그 제목을 보고 나니 피곤하다는 생각이 별로 없었던 나도 갑자기 '그래, 참 피곤하지'로 혼자 대꾸를 했다. 어려울 때 의지할 친구나 친척이 있는지를 알아보는 부분인 사회연계 지원 부문에서 OECD 34개 회원국 가운데 한국이 꼴찌로 나왔다고 했다. 더욱이 연령대가 높아질수록 그

점수는 급격히 낮아졌다. 한마디로 우리나라 노인 대부분이 힘들 때 의지할 친구가 없다는 말이다.

이는 젊은이들도 마찬가지라고 한다. 연애, 결혼, 출산을 포기한 3포 세대에 이어 내 집 마련과 인간관계를 포기한 5포 세대, 여기에 꿈과 희망마저 포기한 7포 세대까지 청년들이 도전하고 누릴 수 있는 모든 것을 포기한 요즘 청년들을 N포 세대라고 부른다고 한다. 믿고 싶지 않은 현상이다. 사회와 담을 쌓고 지내는 젊은이들이 점점 늘어나고 있다. 그야말로 젊은이들 앞에서 사회연계라는 말조차 꺼내기 어렵다. 세상에 의지하고, 의논하고, 마음을 터놓을 수 있는 친구가 없다면 그것은 이미 현실 세계에서 희망이 사라졌다는 말과 같다. 참담한 우리의 현실 앞에 마음이 무겁다.

우리 사회에서 소위 말하는 어른들은 과연 우리 젊은이들에게 희망을 주었는가. 현재 희망을 주기 위하여 어떤 노력을 하고 있는가. 아니면 그들의 이야기에 귀 기울일 준비는 하고 있는가를 묻고 싶다. 힘들 때는 백 가지의 조언보다 가만히 들어주는 게 오히려 위안이 된다. 그런데도 어른이랍시고 젊어서 고생은 사서도 한다는 영양가 없는 잔소리나 늘어놓고 있지나 않는지 반성해야 한다.

우리 사회는 이제라도 젊은이들의 얼굴을 살펴보아야 한

다. 우리는 들어줌에, 이야기 나눔에 익숙하지 못했다. 부모와 자녀가 함께 하는 시간도 OECD 회원국 중에서 가장 짧은 하루 48분에 불과했다. 아버지가 놀아주거나 공부를 가르쳐주거나 책을 읽어주는 시간은 하루 3분, 돌봐주는 시간도 3분에 그쳤다. OECD 평균은 하루 151분이고, 이중 아빠와 함께하는 시간은 47분에 달했다. 151분과 48분의 차이만큼이나 우리의 젊은이들은 누군가와 함께 이야기를 나누고 일을 만들어가는 일에 익숙하지 못하다. 그래서 더욱 외롭고, 친구를 필요로 하고 있다.

'친구'를 주제로 책을 한 권 펴냈다. 왜 하필 친구냐고 묻는 사람들이 많았다. 일방통행식 경쟁시대에 지친 우리에게 참으로 필요한 것이 친구이기 때문이라고 대답해 주었다.

친구, 그의 이름을 가만히 불러만 보아도 행복해진다. 우리는 친구의 이름을 가만히 불러본 경험이 얼마나 있을까. 지금 친구의 이름을 가만히 불러보자. 어쩌면 가슴이 뛰고 얼굴이 환해질지도 모른다. 그것이 우리를 새롭게 일으켜 세울 에너지가 될 수도 있을 것이다.

우리, 우리들의 젊은이들에게 진정한 친구가 되어 주었으면 좋겠다.

이웃 할머니가 다시 밭으로 향하고 있다. 무엇을 하시려나 보았더니 배추를 뽑는다. 다가가서 몇 포기 거들다가 물어 보았다.

"썩은 놈을 어떻게 하시려고요?"

"도려내어 내가 먹고, 그것도 안 되는 놈은 이웃 소 먹이로 줘야지."

할머니는 그냥 밭에다 내버려둘 수는 없다고 했다. 비록 썩었지만 정성을 들인 게 아깝다며 일일이 거두고 챙겼다. 역시 할머니가 아침부터 목소리를 높인 이유는 배추를 내다 팔 수 없어서가 아니었다. 들인 정성이 아깝고, 끝까지 키울 수 없는 게 안타깝기 때문이었다. 할머니에게 배추는 돈과 바꿀 수 있는 게 아니라 정성을 들이며 함께한 친구였다.

우리에게는 어떤 친구가 있으며 또 누구에게 어떤 친구가 되고 있는가. 할머니는 배추가 있던 자리를 다시 다듬고 거름을 넣고 있었다.

교사의 시선

'손이 가요, 손이 가 자꾸만 손이' 간다는 국민 과자, 새우깡 봉지에서 생쥐 머리로 추정되는 이물질이 나왔단다. 그런데 더욱 가관인 것은 이를 알고도 한 달 가까이 쉬쉬하며 넘어갔다니 새우깡을 먹은 지난 30년 세월이 기가 막히고 찜찜하다.

요즘 기가 막히는 일이 어디 한두 가지일까. 엊그제 공천에서 탈락한 부산의 모 국회의원은 눈물을 훔치면서 꼭 살아 돌아와서 계파 수장인 모 씨를 대통령 만드는 일에 진력을 다하겠다며 탈당과 무소속 출마를 선언했다. 우리가 알고 있는 상식으로 보면 국회의원은 그 지역 주민의 대표자로서 지역과 지역 주민의 생각을 읽고, 지역과 나라를 위해서 일하는 사람이다. 그런데 그 국회의원의 의미심장한 회견 내용을 놓고 본다면 지역 주민은 안중에도 없고, 오직 자신의 영달을 위하여 계파 수장의 생각만 좇아가는 사람이라는 결론을 얻게 된다. 어떤 사람을 대통령으로 만듦으로써 이 나라와 지역이 더욱 발전할 수 있다는 믿음이 있기 때문이라고 항변한다면 할 말은 없다. 그러나 몇 번을 다시 생각해 보아도 지역 주민의 대표자로서 할 말은 아니라는 생각이 든다.

며칠 전 40년 평교사로 교단을 지키다가 물러난 선배를 만났다. 그간의 노고도 위로하고 오랜 경륜에서 얻은 지혜도 배울 겸 저녁자리를 함께했는데 입이 무겁기로 소문난 그 선배의 한마디가 며칠이 지난 지금까지 잊혀지지 않고 있다. 그는 교단에 있는 40년 동안 줄곧 학생들만 바라보았다고 했다. 때로는 명패에 눈이 가기도 하고, 윗사람에게 시선을 맞추어 보려는 마음도 있었지만 그때마다 스스로를 채근했다는 말을 들으면서 온몸에 소름이 돋았다.

퇴직교사의 40년 동안 지켜왔던 시선의 끝이 자꾸만 반추되는 것도 요즘 일어나고 있는 뉴스들 때문에 더욱 그러하다. 만약 이들의 시선이 지역 주민들을 향하고 있었다면 공천 여부가 그렇게 분한 일도 억울한 일도 아닐 것이다. 벼슬을 잃었으면 다시 고향 산비탈에 집을 얻어 지역 주민들에게 좀 더 가까이 갈 수 있음을 기뻐해야 할 것이다. 너무 현실과는 먼 이상을 이야기하고 있는지는 모르지만 사대부의 법도는 벼슬에 연연하지 않고 벼슬에서 밀려났다고 분을 내지 않는 것을 교양이라고 선인들은 일러 주었다.

다산이 말하기를 벼슬을 하고 있을 때는 권력의 포로가 되지 말고 언제든지 초야로 돌아가 유유자적할 수 있는 자세를 잃지 말아야 한다고 했다.

공천을 받지 못하여 억울해하는 사람들 중에는 진짜 억울한 사람도 물론 있을 것이다. 그러나 그 억울함이 지역의 일을 다 하지 못했거나 지역민을 살필 기회를 놓친 아쉬움으로 승화되어야지 제 밥그릇이 빼앗겼다는 생각이나 계파 수장을 추종할 기회를 놓쳤기 때문에 분하다면 아예 요직에 들어갈 자격조차 없었던 사람임이 분명하다.

나는 마을마다 서 있는 '바르게 살자'라는 돌비를 볼 때마다 그 비를 세운 사람들의 살아가는 모습이 참으로 궁금해진다. 정말 마을의 본이 될 만큼 바르게 살고 있을까? 아니면 돌덩이처럼 차갑고 무거운 권력이 되어 마을 사람들을 짓누르며 살고 있지는 않을까.

세계 역사에서도 그 유례를 찾아볼 수 없을 만큼 우리는 빠른 시간 안에 산업화와 민주화를 성공시킨 나라이다. 그래서 동남아의 많은 국가들이 우리의 산업화와 민주화를 모델로 삼고 있다. 만약 우리의 행보가 여기서 머문다면 산업화와 민주화는 아무런 의미가 없다. 이제부터는 우리 국민들의 의식 변화가 이어져야 한다. 바로 각자 처해진 위치에서 시선을 어디에 둘 것이냐 하는 것이다. 정치인의 시선은 분명히 계파 수장이 아닌 국민에게 가 있어야 한다. 공무원의 시선은 그 지역민에게, 교사의 시선은 학생에게, 새우깡을 만드는 공장의 경영자의 시선은 소비자에게 가 있을 때 우리 나라는 진정으로 잘사는 나라, 민주주의를 성취한 나라가 될 수 있을 것이다.

너나없이 우리의 정치는 후진성을 면치 못하고 있다고 한다. 그러나 따져보면 우리 의식의 후진성이 정치의 답보 상황을 부추기고 있다.

40년 동안 학생들에게만 향해 있던 어느 퇴직교사의 시선이 참으로 아름답게 느껴진다.